The Vintage Caper

偷饮瓶中的星空

[英]彼得·梅尔(Peter Mayle)◎著

湖南文艺出版社
HUNAN LITERATURE AND ART PUBLISHING HOUSE

图书在版编目（CIP）数据

偷饮瓶中的星空 /（英）梅尔（Mayle, P.）著；范梦译 . — 长沙：湖南文艺出版社，2015.7
书名原文：The vintage caper
ISBN 978-7-5404-7100-2

Ⅰ. ①偷… Ⅱ. ①梅… ②范… Ⅲ. ①长篇小说—英国—现代 Ⅳ. ①I561.45

中国版本图书馆 CIP 数据核字（2015）第 039953 号

著作权合同登记号：图字 18-2014-226

上架建议：外国文学

偷饮瓶中的星空

作　　者：［英］彼得・梅尔（Peter Mayle）
译　　者：范　梦
出 版 人：刘清华
责任编辑：薛　健　刘诗哲
监　　制：蔡明菲　潘　良
特约策划：董晓磊
特约编辑：苗方琴
版权支持：辛　艳
营销编辑：李　群
封面设计：零创意文化
版式设计：崔振江
出版发行：湖南文艺出版社
（长沙市雨花区东二环一段 508 号　邮编：410014）
网　　址：www.hnwy.net
印　　刷：北京嘉业印刷厂
经　　销：新华书店
开　　本：880mm × 1230mm　1/32
字　　数：155 千字
印　　张：7
版　　次：2015 年 7 月第 1 版
印　　次：2015 年 7 月第 1 次印刷
书　　号：ISBN 978-7-5404-7100-2
定　　价：35.00 元

质量监督电话：010-59096394
团购电话：010-59320018

第一章　《洛杉矶时报》专访 / 001
第二章　消失在夜色中的救护车 / 013
第三章　三百万美元 / 017
第四章　萨姆·列维特 / 027
第五章　举步维艰 / 035
第六章　究竟该从哪儿查起呢？ / 043
第七章　这里是巴黎 / 051
第八章　波尔多的索菲 / 063
第九章　维尔勒先生 / 073
第十章　美妙的牛肾脏 / 083

CONTENTS

第十一章　相聚在马赛 / 091
第十二章　密谋 / 101
第十三章　档案 / 109
第十四章　勒布耳的日落 / 119
第十五章　法罗宫的酒窖 / 129
第十六章　“我饮下星星” / 139
第十七章　警察 / 149
第十八章　指纹 / 159
第十九章　困惑 / 171
第二十章　专栏故事的诞生 / 181
第二十一章　近乎完美的盗窃 / 191
第二十二章　家族古堡 / 201
第二十三章　分道扬镳 / 209
第二十四章　你怎么做到的？ / 217

第一章 《洛杉矶时报》专访

我不仅仅是一台工作机器。我也是一名鉴赏家，一个有品位能欣赏精致事物的人——酒庄、葡萄酒、波尔多，所有那些伟大的布满蜘蛛网的法国玩意儿。

丹尼·罗斯将最后一点保湿乳抹在他那发亮的头皮上，同时仔细检查确认上面没有任何残留的发楂。曾几何时，当他开始呈现秃头的趋势，也曾不正经地想过扎个马尾，这可是大多数秃头男人的首选遮丑发型。但他的太太米歇尔对此并不热衷。“记住，丹尼，”她告诉他，“每根马尾的下面是马的臀部。”这样的说法促使他开始拥护“台球”造型。之后，他发现好多明星、他们的保镖和周围各色人等都对此发型十分青睐，便心满意足起来。

凝望着镜子里的自己，丹尼研究起他的左耳耳垂。他始终对耳环的选择左右为难：一枚纯金的美元图案，抑或一颗铂金的鲨鱼齿？基于他的职业，佩戴两者对他而言都不突兀，但足够粗犷吗？难以定论。还是先等等吧。

从镜子前走开后，他轻轻地走进衣帽间，挑选当日衣着。这一身打扮将伴他共度客户晨会、常春藤午餐以及傍晚的私人放映式。因此必须保守（毕竟，他是一名律师），但也得带有一丝不着痕迹的休闲感——他也是一名娱乐业律师。

几分钟后，丹尼身着一套暗灰色精纺毛料的西服，一件开领的白色丝质衬衫，一双古驰的平底便鞋搭配锌黄色袜子。他拿起床头柜上的黑莓手机，朝熟睡中的妻子送出一个飞吻，便下楼走到由花岗岩和不锈钢建造成的华丽厨房。女佣早已将一壶新沏的咖啡、一本《综艺》、一份《好莱坞报道》和一份《洛杉矶时报》整齐排列在厨柜上。清晨的太阳已升起，预示着又一个灿烂日子的到来。对于好莱坞的职业精英而言，世界就是如此。

罗斯对于当下的生活很难有所抱怨。他有一位年轻、金发、符合时尚审美标准的骨瘦如柴的太太，一份蒸蒸日上的事业，一套位于纽约的备用公寓，一间位于阿斯彭的滑雪小屋，以及一栋他所谓的“总部”住宅——位于好莱坞高地的社区守备森严、由钢铁和玻璃建成的三层楼高的富人居所，他将自己的财富储存于此。

与同时代的许多人一样，丹尼也积攒了让人惊叹的精选物品：钻石，为妻子购置的装满衣橱的奢华衣物，悬挂于客厅墙上的三幅沃霍尔的画作和一幅巴斯奎特的真迹，一尊摆放在门廊的贾科梅蒂的雕像，以及一辆停放在车库的完美复刻版的奔驰鸥翼。但对丹尼而言，他最大的嗜好，同时在某种程度上也是他沮丧的根源，就是他的藏酒。

丹尼的葡萄酒收藏耗时耗力——历经多个年头，花费无数金钱，才得以形成如今的规模。可是并无旁人——除了他的品酒顾问让·卢克曾告诉他，他的酒窖是城里名列前茅的，或许是首屈一指的。他藏有顶级加利福尼亚州红葡萄酒，极大数量的最为著名的勃艮第白葡萄酒。他甚至还藏有三整箱令人惊叹的 1975 年的依坤。但整个收藏的点睛之笔、最令他引以为傲的是五百瓶左右来自波尔多的酒庄的优质红葡萄酒，不仅仅因为它们位列最高等级，它们的年份也是极好的：1953 年的拉菲，1961 年的拉图，1983 年的玛歌，1982 年的飞卓，以及 1970 年的柏图斯。这些珍品都被贮藏在丹尼住所的地下酒窖里，常年恒温在 56–58 华氏度（13–14 摄氏度），同时空气湿度保持在 80%。每当市面上有不寻常的葡萄酒出现时，罗斯就收入囊中，但很少上楼开瓶啜饮。拥有已足够，至少他曾经这么认为。

过去的几个星期，罗斯一直独自盘算：酒窖的藏酒给自己带来的满足感已日趋减弱。究其根源，是因为除了极少数的上流人士，几乎无人识得拉图、玛歌以及柏图斯，即使得以一见，也丝毫没有流露出应有的钦佩。就昨晚来说，来自马利布的一对夫妇来访，他们在酒窖进行豪华之旅时——那里有价值三百万美元的藏品——甚至都懒得摘下墨镜！更糟糕的是，他们还拒绝了搭配晚餐的葡萄酒作品一号，转而选了冰茶，全无半点欣赏与敬意，这样的夜晚简直能让葡萄酒收藏家以泪洗面。

想起这些的时候，罗斯摇摇头，他将车停在去车库的路上，开始欣赏四周的景色：向西可以一直看见比弗利山庄，向东一直到泰国城和小亚美尼亚，穿过南面是闪闪发光无尽蔓延的玩具大小的飞机穿梭往来于洛杉矶国际机场。或许并不最为赏心悦目，尤其当烟雾袅袅升起时；但这是一片制高点的、悠远的、昂贵的风景。尤为难能可贵的，是他的风景。尤其当夜晚山下的点点灯火织成一条地毯，绵延千里时。我的，都是我的！丹尼自己常常会这样想。

他扭动着身体，钻进奔驰车的驾驶室里，闻到了上好的皮革与优质的胡桃木的香味。这部车的特别样式是经典款之一，年代久远，甚至早过饮料瓶发明的年代。拉斐尔，丹尼的墨西哥裔看管人，对此精心照料好似对待博物馆展品。奔驰车轻松地驶出车库，罗斯要前往位于威尔榭大道的办公室，一路上不禁又回想起他的酒窖和那对愚蠢的马利布夫妇，他怎么都喜欢不起他们来。

想起那对夫妇，丹尼的思绪就立刻转换到对另外一个哲学问题的思考上：拥有的愉悦。但不得不承认，来自外界的赞叹甚至是嫉妒，也是这种喜悦的重要组成部分。扪心自问，满意的收藏不为人识，成就感又从何而来？这与将他的年轻的金发妻子深锁楼阁、让奔驰车搁置车库永不见天日又有何区别？但现在，他所拥有的世界上顶级的酒窖和价值数百万美元的藏酒，一年中能够见到的却不过寥寥数人。

当到达办公室所在的彩色玻璃大楼时，罗斯得出两个结论：一、不显山露水的花费是为懦弱之人准备的；二、他的藏酒需要更多的观众。

丹尼踏出电梯走向位于角落的办公室，迎向他的行政秘书塞西莉亚·沃尔普，开始每日的简短交接。严格说来，她并不称职：拼写令人汗颜，记忆时常混乱，而且她面对大部分客户的态度带有贵族式的轻蔑。但也有令人宽慰之处：她有一双无与伦比的腿，修长且黝黑，且被无数双四英寸高跟鞋衬得更为纤长。她还是沃尔普集团目前的掌门人迈伦·沃尔普的独生女，沃尔普王朝在电影产业独占鳌头长达两个世纪，现在依然在幕后拥有相当的影响力。塞西莉亚早已听说过，沃尔普家族在好莱坞的地位如同皇族。

基于她的人脉网络，罗斯一直忍受着她冗长的私人电话、时常变换的妆容以及糟透了的拼写。对于塞西莉亚而言，工作只是约会间隙的点缀，她的职责更大程度上是装饰性和仪式化的。罗斯的工作室提供了可接受的收入、要求不高的任务（她有自己的私人助理，来处理所有烦琐但必要的细枝末节）以及偶尔的应酬——与罗斯的各色或名声显赫或臭名昭著的客户见面。

罗斯与塞西莉亚的摩擦并不严重，通常仅限于每个工作日一开始对日程安排进行简短交流时。

“你看，”当他们共同查看预约单的第一个名字——一位正在电视上焕发第二春的电影明星时，罗斯说，“我明白他不是你的菜，但你对他友善些也无大碍。一个微笑，就行。”

塞西莉亚转动了下眼珠，身体微微抖动了下。

“我不要求你太过亲和。我只是希望你们相处愉快。他到底有什么问题？”

“他叫我‘宝贝’，还总妄想摸我的屁股。”

罗斯不怪他，其实他自己也经常往那方面想。“孩子气的热情，”他说，“年轻人总是精力旺盛。”

“丹尼，”塞西莉亚又转动了下眼珠，“他都承认自己已经六十二岁了。”

“好吧，好吧。我勉强接受你冷淡的态度，但必须保持礼貌。现在听着——有一个私人项目你可以帮到我，可以说是名流的某种生活方式。对我而言，现在正是好时机。”

塞西莉亚的两条被修整成完美弧形的眉毛挑了挑。“那个名流是谁？”

罗斯自顾自地说了下去，就像没听见她说话。“你知道我有顶级的藏酒，对吧？”他希望看到塞西莉亚面部表情的某些变化，比如无动于衷的眉毛因为欣赏而微颤，但最终徒劳无功。“好吧，我的确拥有。而且我准备在我的酒窖面对一个合适的记者，接受独家专访。采访角度我拟好了：我不仅仅是一台工作机器。我也是一名鉴赏家，一个有品位能欣赏精致事物的人——酒庄、葡萄酒、波尔多，所有那些伟大的布满蜘蛛网的法国玩意儿。你觉得呢？”

塞西莉亚耸了耸肩。“除了你，还有一百多个这样的家伙。洛杉矶到处都是爱酒的怪胎。”

罗斯摇了摇头。“你不明白。我拥有与众不同的藏品，里面有一级波尔多红葡萄酒，全是最棒的年份。总数超过五百瓶。”他稍作停顿以示强调，“价值逾三百万美元。”

三百万美元是塞西莉亚能够理解的概念。“酷！”她说，“现在我明白了。”

“我考虑把独家专访给《洛杉矶时报》。你有认识的人吗？”

塞西莉亚沉思着研究了一会儿自己的指甲。“我认识那儿的老板。其实，是我爸认识。我猜他能让人刊登这个题材。”

罗斯笑了，往椅背靠了靠，欣赏了下自己锌黄色的脚踝。“太棒了，”他说，“那这件事就搞定了。”

专访定在了星期六早晨，罗斯为此向家人下达了命令，一切准备就绪。开始采访之前，米歇尔将小心翼翼地扮演一名完美主妇，如果你愿意相信，也可以是一位因丈夫痴迷葡萄酒而偶尔遭到冷落的妇人；拉斐尔接到指示，一遍遍修剪门廊墙壁上杂乱的紫色九重葛；上了蜡而散发出迷人光泽的奔驰“不经意地”停在了车道上；酒窖里，莫扎特的钢琴协奏曲从放在阴暗角落处的扬声器里流淌出来——彰显财富、品位和文雅的细节到处都是。罗斯甚至有想过开一瓶珍藏的好酒，但最终还是不舍得做出如此牺牲。记者和摄影师将面对的是酒窖桌上冷藏在冰桶里的库克香槟。

门卫保安处的来电意味着《洛杉矶时报》的人来了。米歇尔和罗斯在楼梯顶端还未迈着高贵的步子下楼时就已进入了角色。他们随即下楼走向车道——那里是他们等候记者下车的地方。

“罗斯先生？罗斯太太？非常高兴见到你们。”一个穿着皱巴巴的亚麻夹克外套的健壮男子走向他们，伸出手来。“在下菲利普·埃文斯。这个移动的摄影器材店，”他朝一位浑身上下挂满设备的年轻人点了点头——“是戴夫·格里芬。他负责摄影，我撰写文字。”埃文斯转身面朝南方。“哇！您这儿真是风景独好。”

罗斯却不去理会，以主人的身份挥了挥手。“去了酒窖你才知道。”

米歇尔瞥了一眼手表。“丹尼，我还有一些不得不打的电话。请允许我失陪，但你们记得给我留一杯香槟。”她带着笑容和大家挥手告别，独自回到房中。

罗斯则带着他们去了酒窖，当摄影师还在纠结光线与反射的问题时，采访正式开始了。

埃文斯是那种比较老派的记者，表现在他关注的更多是事实而非想法。他花了近一小时访问了罗斯的过去：早年从事娱乐行业的经过；与美酒的初次接触；对生产年份和地区逐渐建立起来的热忱；所建造的技术上堪称完美的酒窖。在他们谈话的过程中，背景中莫扎特的音乐不时被摄影师四处走动、摆弄摄影器材发出的咔嗒声、呼呼声打断。

罗斯的职业职责是为客户发声，然而他发现面对一个专注的听众在谈论自己时，这样的新奇感倒也有滋有味。直到埃文斯询问有关香槟的问题，才让他如梦方醒，记起去开那瓶库克香槟。通常而言，此时的一两杯香槟总会导向更为放松、没那么持重的采访环节。

“那么请您告诉我，罗斯先生，”埃文斯说，“我知道您收藏这些极棒的美酒，仅仅是为了愉悦自己。但您是否曾考虑变卖它们呢？我的意思是，您肯定为此花销不菲。”

“让我们这么看吧，”当他四下环顾，扫过架上的酒瓶和整齐排列的木箱子，罗斯说，“打个比方，一箱 1961 年的拉图，能卖十万到十二万美元；1983 年的玛歌大概是一万美元；1970 年的柏图斯，当然，柏图斯总是值大价钱。我估摸值三万美元，如果你买得到的话。每开一瓶这样的葡萄酒，更为稀少的数量就会让价钱一再飙升，高得如同酒的品质本身。”罗斯为他们斟满酒，注视着气泡以漂亮的漩涡形式上升。“但是直面你的问题：不，我从没想过要出售。”他笑了。“对我来说，这更像是艺术收藏。流动的艺术。”

“说个大概的数字。”埃文斯说，“您认为您的收藏价值几何？”

“当下？这些葡萄酒价值三百万美元左右。随着时间的流逝，价格会一再飙高。正如我所说，数量的减少会使价格不断攀升。”

而那位已经尝试过所有酒瓶与酒架的可能性创意的摄影师，正走向罗斯本人。左手拿着闪光灯调整度数。“罗斯先生，该拍人像了，”他说，“您能屈尊走到门那儿吗，再拿杯酒如何？”

罗斯思忖了会儿，之后小心翼翼地取出一大瓶 1970 年的柏图斯。

“这瓶怎么样？价值一万美元，如果你找得到的话。”

“完美！现在，走到您的左边，这样我们就能把光打到您脸上了，还请把酒瓶举到与肩膀齐高。”咔嚓咔嚓。“瓶子再高一点，多点微笑。太棒了！棒极了！”咔嚓咔嚓咔嚓。就这样持续了五分钟，罗斯得以变换自己的表情，从满足的鉴赏人到严肃的美酒投资家。

罗斯与埃文斯留下摄影师独自收拾器材，他们在酒窖外等待着。“拿到你想要的料了？”

“八九不离十吧。”记者说，“将会是一个精彩的报道。”

此言不虚。周末版的一整个版面（不出所料，标题为《罗斯的葡萄酒》）刊登着巨幅照片——罗斯轻揽一个大酒瓶和几个小酒瓶——随之配上恰到好处、充满细节描写的溢美之词。报道不仅洋溢着赞美，同时也处处展现出爱酒之人所期待的详情：从各个年代的产量到布罗德本特和帕克这样的行家对于不同葡萄的品鉴注解，再到更为艰涩的内容，比如葡萄的采摘日期、浸泡阶段、土壤环境和单宁含量。并且，整篇报道中零星分布了有关价格的信息，就像鹅肝上点缀的松露。这些价格通常是以每箱或每瓶为单位，但有时单位更小，这是价格上更能承受的容量，比如二百五十美元一杯（以依坤为例），甚至七十五美元一口。

罗斯在反复阅读了这篇文章后，感到十二分的满意。他觉得自己给人的印象是见多识广且认真严谨。既不浮华也不俗丽，当然前提是读者无视偶尔提到的阿斯彭的滑雪小屋以及罗斯对于私人飞机的热衷。但即使这些其实也完全可以被接受，在 21 世纪加利福尼亚州的上流社会这些都已见怪不怪了。总的来说，罗斯确信这篇报道达到了目的。世界——至少那个有价值的世界、他的世界——已经察觉到了这样一个事实：他不仅是一名成功富有的生意人，同时也酷爱葡萄酒，是名副其实的葡萄酒代言人。

在报道刊出之后几天，罗斯的确信被无数次验证。罗斯挚爱的餐厅的领班和侍酒师开始以额外的尊敬款待他，对他挑选的葡萄酒亦表示认可。生意上的熟人给他打电话，就他们自己的次一等的酒窖向他寻求建议。杂志纷纷来邀专访。那篇报道还被在世界范围刊发的《国际先驱论坛报》转载。一夜之间，丹尼·罗斯似乎成了识酒的行家。

第二章　消失在夜色中的救护车

一切准备就绪，救护车即开往大门处，他们在警卫室前只做了短暂停留，轻快地祝福了保安圣诞快乐，救护车就闪烁着灯光，消失在夜色中。

那正是洛杉矶的圣诞节前夕。所有标志着一年中最为欢乐的节庆传统场景纷纷登场。戴着墨镜的圣诞老人——有些还穿着红色短裤以适应加利福尼亚州的温度——摇着铃铛、晃着他们的假胡子，在城里的繁华之地安营扎寨。在比弗利山庄，为了营造节日气氛，草坪都被覆盖了一层从中国进口的人造雪。罗迪欧大道闪烁着美国运通白金卡的光芒。威尔榭广场上的一家酒吧正限时提供加长版的“特惠时段”，从早上十一点直至午夜，还加码了有机的马提尼酒。而洛杉矶警察局的警员们，也对他人满怀善意，以不同于往常的慷慨之态豁免了违规停车罚单和酒驾的法院传票。

正当黄昏沉入夜中，一辆救护车正穿过日落大道假日拥挤的车流驶来，直到停在了好莱坞高地公寓的警卫室前。保安因为几个小时无所事事正无聊地打着哈欠，他从有空调的岗亭出来，盯着救护车里的两个男人。

“什么事？”

救护车司机穿着整洁的医院白制服，从车窗探出身来。“似乎很严重，但不到现场我们也无法确定。是从罗斯的住处打出的急救电话。”

保安点了点头，回到了他的微型堡垒去呼叫罗斯的住所。司机看见他放下电话前再次点了点头，升起了栅栏。保安将这次造访记录在了日志上，看了下手表，确认他的轮班时间只剩下最后十分钟。接替他的那位就没那么好运了，将不得不在守卫处看着电视重播，借此度过圣诞夜。

救护车驶向罗斯的别墅，在车道上就迎面撞上了让保安放行的拉斐尔，他显得紧张而不安。在主人前往阿斯彭欢度圣诞之际，他留下来负责看守财物。只有怀揣五千美元现金消失在墨西哥边境这样的念头，才能促使他放弃这个安稳的即使未经申报的工作。他带着救护车里的两个男人走向酒窖，大开方便之门。

一切都不紧不慢、有条不紊，他们首先戴上橡胶手套，然后卸载了一些贴着纳帕谷酿酒厂标签的空硬纸板箱。经过初步的探索，他们发现波尔多葡萄酒被单独辟开一个区域存放着，这让他们十分受用。这样他们就不用花费过多时间搜寻酒架子。根据他们的单子，他们边装酒入箱，边勾掉他们装箱的葡萄酒的名字。拉斐尔忙着把装满酒的纸箱放入救护车的后面，同时被警告任何破损都将令他付出惨重代价。

每个纸箱装着十二支或六大瓶，当所有人都完成了工作之后，四十五个箱子都已经全部填满并装车。经过最后一次检查，他们惋惜地看了一眼罗斯的加利福尼亚州葡萄酒和成箱的前卡斯特罗时代的哈瓦那雪茄，摁下了酒窖的灯关上了门。现在就只剩对救护车的内部布置略微调整下。

纸箱被齐整地堆放在担架的两旁，盖上了医院的床单。拉斐尔直到此时依旧过度紧张，以至于他自己几乎都要成为急救对象了。他挤进担架里，被注射了一针假吗啡，以缓解他伪装的阑尾破裂所带来的痛苦。一切准备就绪，救护车即开往大门处，他们在警卫室前只做了短暂停留，轻快地祝福了保安圣诞快乐，救护车就闪烁着灯光，消失在夜色中。

当司机听到从救护车后面传来的声响，他咧嘴笑了起来。“好了，拉斐尔，该起来了，在我们上高速公路之前，得先把你放下。”他从口袋里掏出一个信封，递过去，“最好数数。都是百元面值的。”

五分钟后，救护车停在了马路的昏暗处，好让拉斐尔下车。他们的下一站是一个被锁着的车库，位于洛杉矶破旧西部更昏暗的街道上，在那儿，满箱的葡萄酒从救护车被转移到一辆不起眼的货车中。现在只剩将救护车的牌照换下，将其废弃在附近的一个医院停车场，随后两个人开着货车驶向圣巴巴拉。

第三章　三百万美元

她急急忙忙赶往酒窖，发现罗斯神情恍惚，双眼直直地瞪着上面只放着寥寥可数几瓶酒、足有一面墙的酒架。

阿斯彭比以往更令罗斯愉悦。能见到足够多的大人物会集于此滑雪娱乐，罗斯因此还能与三四个潜在客户打起交道。令他吃惊的是，这一切完全得益于《洛杉矶时报》的那篇报道。纵然报道刊登于九月下旬，这些大腕，如他们所说，纷纷在同一年对葡萄酒收藏入了迷，不约而同地都读了那篇采访。阿斯彭惯常讨论的话题是：私通、股票经、整容、入室盗窃。如今已被酒窖和葡萄酒、波尔多和加利福尼亚州、最佳成熟期和酒价的话题取代。

罗斯发现自己在一小群全神贯注的听众面前侃侃而谈。原来那些著名人物本不在他的社交圈内，自然那些商机也落不到他的头上。但今天是“谈酒论今”的日子，明日或许就是报酬丰厚的解决契约危机的机会。整个下雪的圣诞周末，罗斯的滑雪装备都闲置着，只有米歇尔一个人跟着他们的私人滑雪教练。

罗斯夫妇与另一对夫妇搭乘同一架私人飞机回家。那一对夫妇在洛杉矶与他们本不熟稔，但对罗斯与名人为伍留下了深刻印象。罗斯谢绝了他们的奉承，同时好脾气地抱怨因为太忙而无暇顾及滑雪。言下之意就是他一直在谈生意，而不是波尔多葡萄酒，而罗斯也更乐意这样解释。这真是完美一周的满意收官。

罗斯的好脾气一直持续到晚上，直到他和太太回到了在好莱坞高地的家里，却发现拉斐尔并没有在那里恭候他们，也并无留下任何纸条解释他的擅离职守。这并不寻常且令人不安。但当他们查看过一个又一个房间时，松了一口气。沃霍尔的画作安然无恙地挂在墙上，贾科梅蒂的雕塑也悄无声息地摆放在走廊，整栋房子似乎未遭洗劫。而拉斐尔地下室的房间里，他的衣服仍悬挂在衣橱，床也齐整地铺好着。无任何迹象显示有人突然离开。罗斯夫妇早早地睡了，有点困惑，有点恼怒，但还不至于忧心忡忡。

直到第二天早上，罗斯走下酒窖。

“天哪！”这极度痛苦的咆哮几乎使米歇尔从她的跑步机上摔下来。她急急忙忙赶往酒窖，发现罗斯神情恍惚，双眼直直地瞪着上面只放着寥寥可数几瓶酒、足有一面墙的酒架。

“我的波尔多葡萄酒！该死的，所有的！全没了。”罗斯开始来回踱步，时不时双拳紧握，处于狂暴状态，怒发冲冠。“要是被我抓到那个小杂种，我一定杀了他。把他的心挖出来。”他边咕哝着更为可怕的死亡诅咒，边上楼搜寻他的黑莓手机。

罗斯立马打电话给警卫室的保安、洛杉矶警局和自己的投保公司。

保安人员紧紧攥着日志记录，是第一个到的。此时，罗斯或多或少已经能像往常那样流畅沟通了。“好吧。我想知道谁进了我的家里，何时进的，以及为什么他们没有被该死地拦在大门口。”他用手猛戳保安的胸口。“我还想知道是哪个浑蛋那天当值。”

“我正在核查，罗斯先生。”那个保安一边心里默默祈祷但愿不会是自己，一边浏览日志。半晌抬起头来，带着胜利和轻松的神情。“我知道了。圣诞夜当晚，有突发的医疗紧急事故。一辆救护车八点二十分到达，十点五十分离开。汤姆当值。是您的看门人给他们放的行。”

“我敢打赌就是他，那个小兔崽子。”罗斯从保安那里拿过日志本，紧紧盯着，希望能有什么意外发现。“仅止于此？没有医院名字？没有医疗编号？我的上帝。”

“我们记录了车牌号码。我估计他们声称是紧急事故，才没有其他信息的相关记录。”

“啊，对了。他们的确迫不及待地把魔爪伸向我的藏酒。”罗斯摇了摇头，把日志本还给了保安，后者旋即恭敬地退下。正当他回到警卫室时，警探也刚好赶到：两名长相平庸的警探被派来处理这趟差事，即使他们早就察觉，只会徒劳无功。

“好吧。”当警探们来到罗斯家中，他告诉他们，“我是警察福利协会的慷慨捐赠者。当我希望偶尔有所回报，也无可厚非。跟我来吧。”两名警探一致点头，不约而同地想道：这厢又是一位大人物，每年圣诞给警察福利协会寄一张百元的支票，就想得到特殊礼遇。

他们刚刚走进酒窖的门，罗斯就开腔了。“看见了没？”他指着空空如也的酒架，“价值三百万美元的藏酒，历经十年的精挑细选，无可替代。这些杂种非常清楚他们在干什么。他们只拿走了波尔多葡萄酒。”

“罗斯先生。”稍年长的那位警探拿出了笔记本，而他的搭档则开始环顾酒窖四周。“跟我详细说说。首先，何时——”

“你要我具体说？圣诞夜我们恰巧外出，有辆救护车编造了个医疗事故的含糊说辞，毫无阻碍地穿越大门。保安往住所打了电话，我的看家伙计放了行。”

“看守人的名字？”

“托里斯。拉斐尔·托里斯。”

“墨西哥人？”

“难道听上去像犹太人吗？”

警探们叹了口气。狡猾的家伙。“罗斯先生，我不得不问。你的墨西哥裔看管人有绿卡吗？社会保障号码？换句话说，他的身份合法吗？”

罗斯有所顾虑。“其实，不全是。但又有什么分别吗？他引狼入室，他们都是一伙的。我们昨晚从阿斯彭回来的时候，他就不在了。我们查遍了整栋房子。没什么遗失的。然后就是今天早上我看了下酒窖。”罗斯转向空落落的架子，摊开手来。“三百万美元。”

警探把埋在笔记本中的头抬起头来，摇了摇头。“罗斯先生，问题是，现在是 12 月 31 日。从发生入室盗窃到现在已经整整六天了。他们非常清楚自己要什么，也部署了如何进入、得手。我们会搜集指纹，但……”他再次摇了摇头。“这是职业团伙干的，不会留下痕迹。”

这下轮到罗斯叹气了。他需要的是一个厉害的警探。

警探做完了记录，收起了笔记本。“今天晚些时候我们会让附近的人来取证，还会盘问保安人员。他或许会留意到救护车的一些细节，可以给我们一些头绪。我们一旦掌握了任何线索，会立马与您联系。其间，我建议您不要碰触酒窖里的任何东西。”

罗斯把早晨剩下的时间都花在打电话上了。他第一个打给的是塞西莉亚·沃尔普，接电话的却是接线员。她提醒罗斯他已经慷慨地给予塞西莉亚假期，去接发和全身“美黑”，以迎接新年节日。所以罗斯不得不亲自重新安排当天的预约。米歇尔则花了一整天时间穿梭于自己的衣柜，为了挑选一套入时的着装去参加比弗利山庄当晚的宴会。只留下罗斯一人一边在家跺脚，一边不停地打电话。每次一想到他的酒窖，存在的空虚感就愈发明显。甚至从阳台望出去的风景都被包裹在厚重的阴霾之下。直到下午早些时候，当罗斯必须去见保险公司的代表时，他确认了命中注定遭此一劫。他变得自怨自艾起来，且怨恨占据了上风。

伊莲娜·莫里斯，自称是诺克斯环球公司的私人客户副总裁，下午三点准时来到。寻常情况下，罗斯还会试着施展下他的个人魅力，伊莲娜——正如她的许多仰慕者告诉她的那样——以她的容貌，在保险行业里足以傲视群雄。她有着深巧克力色的眼睛、乌黑的秀发以及够得上好莱坞标准的身材。但今天，这一切对罗斯来说都只是浮云。

伊莲娜刚有机会递上名片，罗斯就为此次见面定下了基调。“但愿你不会用保险公司的老一套来敷衍我。”

伊莲娜见惯了这种场面，她的那些有钱的客户偶尔还会发发脾气。那些富人以钱傍身以权护体，气性上本不具备面对残酷现实的能力。面对损失，他们会倾向于表现得像个被宠坏的孩子——自私、不讲理，时常歇斯底里。她早就领教过了。

“罗斯先生，您所谓的保险公司的‘老一套’到底指的是哪一种呢？”

“你知道我的意思。所有那些有关情节减轻、规章条款、有限责任、保险缺口、天灾、政策漏洞乃至免责条款的让人费解的胡说八道……”罗斯停下来缓了口气，一边暗自搜寻保险公司更多陋习的实例。

伊莲娜保持沉默。经验告诉她，最好任其发挥。客户一般早晚都会痛骂得狗血淋头，上气不接下气。

“知道吗？”罗斯说，“我们不是在谈论一些不值一提的数目。我们讨论的是三百万美元。”

伊莲娜叹了口气。“事实上，罗斯先生，合同上的数目明明是二百三十万美元。不过这是后话。现在，我已和洛杉矶警察局取得联系，也知道了不少细节。当然我们自己也会展开全面调查。”

“那得过多少年？酒全没了。但是投过保。你们还需要什么？”

伊莲娜看着罗斯太阳穴上青筋凸起，就像一条因狂怒而跳动的蠕虫。“罗斯先生，恐怕这是我们索赔手续的必经过程。如果没有弄清楚盗窃案的具体状况，我们是无法赔偿您巨额数目的。非常抱歉，但这是标准流程。这起案件稍显复杂，因为很明显您家的内贼参与了作案。我们只是在尽自己的本分。仅此而已。”

“简直不可理喻。”罗斯站起身，走向伊莲娜所坐的位置，对她怒目相向。“你在暗示我与此有关？是吗？”

伊莲娜站了起来，把罗斯的文件放进自己的公文包里。“我并没有暗示什么，罗斯先生。”她扣上了公文包。“我们今天就到此为止吧。

或许当您不那么心烦的时候，会有机会考虑一下……”

“我来告诉你，我到底想要的是什么。我拥有的价值三百万美元的葡萄酒被偷了。而你和你那该死的程序和烦琐的操作流程，只是在最大程度上规避法律责任。我想要回我的酒，或者一张三百万美元的支票。明白吗？”

伊莲娜走向了门口。“相当清楚，罗斯先生。公司的调查员会尽快与您取得联系。新年快乐。”

当伊莲娜开车回办公室的路上，心想，我本不该那样说的。或许他现在心脏病都要发作了吧。这已经不是第一次，她怀疑她的薪酬所得是否真的能够补偿她所忍受的嚣张和欺骗。那个男人，竟然企图提高藏酒保额高达七十万美元。电话铃响了。是她的上司。

“罗斯跟我通过话了。听上去你们并没有相谈甚欢啊。等你回到办公室，我们聊聊吧。”

诺克斯环球公司的总裁，是一位年长的、外表温和仁慈、拥有敏锐头脑不轻易掏出金钱、相当职业的人。当伊莲娜走进办公室时，他站了起来。这是伊莲娜欣赏弗兰克·诺克斯的原因之一——在日渐丧失礼仪规范的当下，依然保持谦恭有礼。他从桌子后走出来，两人随即坐在了靠近窗户的两张破旧的皮质太空椅上。诺克斯对于在长达三十五年间从未变换过办公室的布局而有点小小的自豪。巨大的办公桌，厚重的胡桃木书橱，古老而精致的东方地毯（如今顶部有些磨损），以及有裂缝的油画，上面绘有成年牡鹿以及其他神兽。它们都是上个世纪的物件了。就像诺克斯自己一样，这一切都优雅、陈旧，令人感觉舒服。

他朝她咧嘴笑。“又是好莱坞充满乐趣的一天。跟我说说。”

伊莲娜复述了从警员那里得知的案件细节，大致描述了罗斯的表现，包括他提高藏酒保价的用心。“相信我，弗兰克。他真的是狮子大开口，压根儿不讲道理。我继续待着没有任何意义。”

诺克斯点了点头。“跟他打电话的时候，我也感觉到了一些。”他凝视着窗外，手指敲打着椅背。“现在看来，这起盗窃案是六天前发生的，有足够的时间供作案的每一个人跑路。警方估计他们是专业团伙，是内贼搞的鬼，而这个内贼又是非法移民。我敢打赌不可能追踪得到。而我们的朋友罗斯先生，上蹿下跳要一张有保障的支票。”

“要三百万美元。”伊莲娜说。

“他想得美。可现实是，他只为二百三十万美元支付了保费。即便如此，这样高昂的数目也是相当感情用事的，我是不愿意付的。”他的身体向前倾了倾，“你说有多少瓶酒被偷了？”

“五百多瓶——如果你相信罗斯的话。”

“那需要很久才喝得完。或许我们可以从这个角度出发：不是针对坏蛋，而是瞄准葡萄酒。一下子出手五百瓶葡萄酒绝非易事，除非他们是受人雇用。”诺克斯站了起来，朝伊莲娜笑了笑，“看来我们需要一名侦探。有人选吗？”

第四章　萨姆·列维特

但她真的想再次和他牵扯在一起吗？这次，一定要保持距离、公事公办。

伊莲娜坐在桌旁考虑人选。根据她新近和警员的交流来看，洛杉矶警察局全无可能怀着极大的热情去展开调查。窃贼早已踪迹全无，也没有任何最新线索。她甚至能预见到这个案件将会被尘封百年。

在过去处理案子的经验里，她曾经召集过自由索赔代理人、擅长各类罪案和灾难的调查员，从失窃的珠宝到崩塌的公寓大楼。可是葡萄酒？她从未与被盗的葡萄酒打过交道，还如此大的数目。罪犯以军事行动般的效率将五百多瓶藏酒全数偷走。有一件事是肯定的：这些被盗的葡萄酒断然不会出现在拍卖网站上。这必定是一起有预谋的作案，可能只有上帝才知道是谁计划并资助完成的，或许是另一个收藏家。如果是那样的话，她要做的就是找出一个有犯罪倾向的葡萄酒鉴赏家。这个简单。世界各地这样的人选也不会超过几千人。

如弗兰克所言，他们现在需要的是一名侦探，但必须与众不同：得是一位具有想象力且非常规联系的侦探，更为理想的是具备与坏蛋交手的第一手经验。

伊莲娜边思考着，边在她的名片盒里拨弄并浏览名片。她停留在了字母L那里。她注视着卡片上的名字，轻叹了口气。不可否认，他接这活儿再合适不过，但她真的想再次和他牵扯在一起吗？这次，一定要保持距离、公事公办。她这么告诫自己，一边呼叫了她的秘书。

“看看能否帮我联系到萨姆·列维特，他在夏特蒙特。”

萨姆·列维特的简历，如果他愚蠢到真的会炮制一份的话，的确令人刮目相看。

作为一名法学院的毕业生，考虑到该如何偿还学生贷款，他对于利用罪案敛财产生了极大的兴趣。可是，作为一个没有暴力倾向的男人，他对于暴力犯罪并无兴趣。暴力犯罪过于粗暴，太过粗糙，甚至也太危险。令他着迷的是高智商犯罪，用的是大脑，而不是枪杆子。

对于一个企图把研究非暴力犯罪作为职业的年轻人而言，进入公司法领域理所应当。他长时间狠命地工作，的确也赚到了钱。而且，由于肩负款待客户这样必需的职责，他养成了对于美食和好酒的高品位。但也存在一个问题且每年逐渐恶化，那就是那些极端雷同的客户人群所造成的单调沉闷：乏味的男人们，具备能力，受贪婪驱使，不断创造财富，志在累积更多。掠夺资产者、融资收购家、兼并巨头，都是股价圣地的膜拜者。列维特愈发觉得他们无趣，也发现自己对于他们的厌恶变得更加难以隐藏。

压垮他的最后一根稻草，终于在一次周末公司聚会的时候来到了。高层管理团队的狂欢，使得他宿醉且严重抑郁。一时冲动，他辞了职，而且开始四处寻找一种更为直接、坦诚的罪行。“百无禁忌”是他最新的信条，只要不包含枪支、弹药和毒品。

这就是假想中的列维特的简介，缺少细节、令人捉摸不定。他曾在俄罗斯待过一段时间，并且对南美洲和非洲的有些地方也相当熟悉。后来他将此喻为他的“输入 / 输出”阶段。这一段风险大回报高的忙碌岁月，在一次短暂但刻骨铭心、令人不愉快的在刚果入狱的经历后告一段落。这次监狱之旅使他付出了如下代价：三根断裂的肋骨，为求重见天日付出的一大笔贿赂。这次经历促使他思考或许是时候做一次职业调整了。就像许多在他之前的美国人一样，当他们需要时间和地点来考虑生命中重要的决定时，他选择了巴黎。

在经历过非洲的贫困后，最初的几个星期列维特用来追逐女子、品尝美食。不久，巴黎就使他意识到，对于所钟爱的美酒，他知之甚少。正如大多数味觉灵敏、善于接受新事物的外行一样，他能分辨普通与良好、良好与优秀。但总有一些时候，斟酒服务员性感的低语会远远凌驾于他之上。巴黎人的酒单上也常常充斥着陌生的葡萄酒名。真令人沮丧。他想要详细了解各种葡萄酒，而不是凭空猜想。既然他手头有钱而且有时间，他决定去罗讷河谷葡萄园区内的叙兹拉鲁斯葡萄酒大学接受六个月的学习课程。

列维特发现这次进修跟他在法学院相比有了显著起色。当然，课程的内容本身就令人愉悦太多了。来自五湖四海的同学也尤为有趣——法国人、英格兰人、中国人、某些印度先锋，以及避不开的苏格兰人。他还去了海米塔奇镇（世界上最为“男子气”的葡萄酒之乡）、罗讷河谷、科尔纳斯，以及教皇新堡进行田野旅行，既能享受到美味又极具教育意义。他开始会讲一些简单的法语，甚至还粗略想过买下一个葡萄园。时间飞逝。

但他并不准备在法国的乡村就此长住，在常年旅行后他发现自己已经被打上了美国的烙印。当他外出旅游时，这怎么会改变？他又怎会改变？

从某一方面讲，也不完全是。他对于独创性的、无血罪案的迷恋丝毫没有减少，况且在课程临近尾声的时候，他愈发频繁地有想要回去工作的念头，当然与之前有所不同。在刚果监狱的经历还历历在目。这次，他打算游走在合法的那一边，即成为一名罪案调查员和顾问。又或许，如他所想的那样，由偷猎者转换为守门人。

对于一个热爱阳光的人，选择洛杉矶作为工作基地是必然的。洛杉矶有着他想要的一切：明媚的天气、金钱和奢靡、随处可见的卷入可疑交易的百万富商、过度发展的电影行业、大把的漂亮女孩和名人。所有祸根和娱乐的要素齐聚。经过短暂考察，他觉得此地适宜居住。

夏特蒙特酒店藏匿在西好莱坞的日落大道，致力于成为洛杉矶第一栋防震的公寓大厦。啊，对了！它建造于 1929 年，正值华尔街处于经济波动乃至经济大萧条时期，当时，想要出售公寓是不可能的，而单独的房间更容易租售，所以夏特蒙特成为提供套间的酒店式公寓。

这对萨姆来说，是它最具有吸引力的原因之一，当然还有很多其他好处：没有家务负担，工作人员有魅力且高效，考虑周到的入口处，交通便利的位置，让人放松的环境。不同于其他现代化配置的酒店，夏特蒙特有自己的个性，得以傲视群雄。而且，这里还有一些为长期旅客提供的套间。尝试着待了一段时间后，萨姆成为他们中的一员。他搬入了六楼的一个套间，并马上开始寻找客户，这并不困难，要知道，在洛杉矶，有钱人总是麻烦多多。

事实上，金钱对他来说并不是问题。这使得他可以尽情选择那些让他感到有意思的案子：越是不同寻常的诡计与骗局，愈发离奇的失踪与欺诈，特别大胆并且构思精密的盗窃，都是他的兴趣所在。萨姆找到了自己的准确定位，随后不久，作为一个能做事且不多嘴的人，他在圈子里获得了良好口碑。

萨姆在酒店顶楼的健身房里挥汗如雨了半小时后，正待恢复体力的时候，伊莲娜打来了电话。

“萨姆，我是伊莲娜。”她略带迟疑，“萨姆，我有没有打扰到你？你正气喘吁吁。”

“是你的声音，伊莲娜。一听就听出来了。你还好吗？”

“很忙。这就是我打来的原因。我需要跟你聊聊。明天一起吃午饭？”

“当然。想上我的公寓来坐坐吗？就像以前一样。”

“不，萨姆。我不会来你的公寓，也不会像以前一样。这是公事。记住，是工作。”

“真是个铁石心肠的女人。我预订楼下十二点半的位子。嘿，伊莲娜？”

“什么？”

“能再见到你真好。好久不见。”

当双方放下电话的时候，彼此都在微笑。

萨姆预订了惯常的那张桌子，远离人群，繁茂的植物遮蔽了部分座位，让庭院看起来如此翠绿与怡人。他看到伊莲娜被引向这张桌子，也观察到每个人都回头望着她。她有名吗？要去见谁？在夏特蒙特你永远得不到答案。撞见明星是夏特蒙特的一道风景线。

萨姆亲了亲她的双颊，后退了一步，深吸了一口气。“嗯。还是擦的香奈儿 19 号香水。”

伊莲娜望向他，头歪向一边。“你的鼻子还没修复好。”

当他们共进午餐时（恺撒沙拉和依云矿泉水是为伊莲娜准备的，三文鱼和默尔索葡萄酒是为萨姆准备的），伊莲娜复述了她所了解的葡萄酒盗窃案的每个细节。喝咖啡时，她给了萨姆一份《洛杉矶时报》罗斯专访报道的影印版，以及罗斯提供的被盗葡萄酒的明细单。看着萨姆浏览清单，伊莲娜不得不承认他被打坏的鼻子或许不应该修复。这可以使他没那么帅。

萨姆抬起头来。“的确都是些有价值的酒。有意思的是，他们并没有盗取任何加利福尼亚州葡萄酒。不管怎样，我向此次案件的幕后主谋脱帽致敬。恰当的时机、严谨的安排，精妙且干脆——就像我干的。”

伊莲娜从太阳镜上方看着他。“萨姆？”

他大笑，摇了摇头。“我发誓跟我毫无干系。我从来就没看过这篇采访。除此之外，你懂的，我现在只为好人工作。”

“你的意思是接下这活儿了？”

“伊莲娜，乐意效劳。哦，除了要报销花费，我还要找回的损失 5% 的提成。”

“2.5%。”

“3%。”

目送伊莲娜远去，萨姆回到桌前，又喝了一杯意大利特浓咖啡。距离上次见到她已经有六个月了，六个月前的那个夜晚，他们之间发生了激烈的争吵。如今他甚至都回忆不起来他们的争吵所为何事。是他没有担当？还是她不愿妥协？不管怎样，这段关系结束得很糟糕。雪上加霜的是，他还发现伊莲娜已经与一个小帅哥开始交往，如同好莱坞众多的过江之鲫一样，那人只是一个三线小演员。

正巧，在伊莲娜驱车回办公室的时候，她也正在想这个年轻的男演员。不得不承认，他并不是她的首选。小男友已经没有了最初的热情，和他交往一段时间后，她意识到新男友真正爱的是他自己。交谈一旦转向耗时耗力的话题，他要么就眼神呆滞，要么就对着附近的镜子聊以自慰。这种情况持续多久了？三个星期？一个月？已经太久了。

伊莲娜耸了耸肩，想要冷静一下。她的思绪被《玫瑰人生》开头几小节的音乐打断，从而解脱了出来。那是他们一起去巴黎旅行后，萨姆为她设置的手机铃声，不知为何，她一直也没有找到机会换了它。

“那么？有任何进展吗？”

伊莲娜辨别出，这是丹尼·罗斯与下属交谈时刻意和缓的咆哮。回复他之前，伊莲娜稳定了下情绪。“我想是的，罗斯先生。我们刚刚雇用了一名专业调查员对您的案子展开独家调查。”

“可以。让他给我个电话。”

第五章　举步维艰

在罪案调查中，永远不要忽略显而易见的结论，除非你能证明它是错的。

当塞西莉亚·沃尔普接到萨姆电话的时候，精神异常得好。这得益于宠爱她的老爸送给她的最新的礼物——一辆珠光灰保时捷跑车。因此她惯常接听电话时的无理与唐突已经软化为愉快而又满足的声音。当她告诉萨姆，罗斯先生现在正在开会不能接听电话时，甚至听上去有点抱歉（在好莱坞，是不开会的。就像服用安眠药一样，只是起安慰剂的作用）。当萨姆解释了自己是谁以及为何打来，塞西莉亚的回复甚至略带一丝同情。

“他快要崩溃了。我指的是，因为那价值三百万美元的藏酒。加上他还被那个墨西哥小杂种背叛了。真的真的太倒霉了。”塞西莉亚或许还会继续下去，如果不是罗斯和他的一名年轻客户出现在办公室里的话。那位顾客是一名女演员，总在拍摄现场和康复中心游走。塞西莉亚让萨姆在线等候，直到罗斯陪同年轻客户至电梯处送她离开，而后返回。

“是某位列维特先生。保险公司派来的调查员。”

罗斯走进办公室，接起电话。“是时候了。你发现了什么？”

“我们才刚开始展开调查，罗斯先生。如果我们能见个面，那就再好不过了。我还需要去看一下酒窖。看你方便好了。”

“现在就行。”

萨姆深吸了一口气。看来此行可不轻松。“现在可以，罗斯先生。我有您的住址。三十分钟后就到。”

当罗斯四十五分钟后到家时，萨姆已经等候在警卫室了。罗斯没有任何道歉，仅仅敷衍地握了握手。初次见面彼此就看对方不顺眼。当罗斯领着萨姆走向酒窖时，后者对于之前盗窃案怀有的同情早就荡然无存。

在接下来的半小时里，萨姆想要收集信息的尝试被罗斯的黑莓手机不停响起的铃声连番打断。于是萨姆只好自行勘查酒窖和被盗后残余的藏酒——加利福尼亚州的霞多丽、解百纳以及比诺葡萄酒。随后他长久地望着那扇厚重的、西班牙风格的木门，它将酒窖与房子别处分隔开来。终于，查无可查，萨姆回到罗斯面前。后者正摆出一个祷告者的姿势——低着头、双手紧握——好像正在朝拜他的黑莓手机。

“对不起打扰您，”萨姆说，“但我基本查完了。”

罗斯停止了他的“祷告”，从他正在研究的小小屏幕中抬起头来，因被激怒而紧锁双眉。“那么，你怎么看？”

“首先，您的安全设置糟透了。一把指甲锉就能打开您的门。为什么不给酒窖单独安装一套报警装置呢？致命错误。当然，现在为时已晚。警察应该已经告诉您了，作案的是职业团伙。”

萨姆不往下说了。罗斯又一次开始咨询他的“电子脑库”。萨姆筹划着对着罗斯闪闪发光的脑袋，发表评论。

“在罪案调查中，永远不要忽略显而易见的结论，除非你能证明它是错的。”萨姆继续往下说的时候，罗斯还是没有抬起头来。“我们都知道这是内贼搞的鬼，我们也知道拉斐尔·托里斯已经消失了，我们还知道当盗窃案发生时您在阿斯彭。这些都是事实，罗斯先生。任何一个起疑心的人都会有一个明显的结论。”

罗斯总算把他的黑莓手机放进了口袋。“是什么？”

“您利用了阿斯彭作为不在场的证明，然后策划了整个事件——监守自盗、打发伙计、索赔保金、独饮藏酒、销毁证据。”萨姆耸了耸肩，笑了笑。“很荒谬，是不是。但这是我的工作，不放过任何一种可能性。”他把手伸进口袋。“这是我的名片。有任何进展，会第一时间联系您。”他停在了门口。“哦，顺便一提，是我的话，会把那些赤霞珠立马喝了。1984 年的现在正当时。”

萨姆离去时，对罗斯感到抱歉。但也不全是。

萨姆刚到洛杉矶不久的时候，曾经被要求调查过所谓的印象派圈子，那是一群上流社会的艺术品商人，他们专门交易莫奈、塞尚和雷诺阿画作的高仿作品。就在那次，他的第一次合法工作，萨姆和洛杉矶警察局合作的时候，对鲍勃·博克曼中尉的体形印象深刻。他是一个热爱美食的男人，从外形上也不难看出。即便魁梧，借助了那套一成不变、强加于自身的装束，他还是呈现出了完美的体格：一套剪裁大方的黑色套装，一条黑色的针织丝绸领带以及一件白色衬衫。他称之为时髦的殡仪员范儿。

当他俩发现了他们的共同爱好是葡萄酒时，博克曼与萨姆的关系有了一个良好的开端。当他们一起处理艺术品案件的时候，两人乐此不疲地每隔几个星期就相约共进晚餐，轮流挑选餐馆和葡萄酒。这些绝非工作聚会，而是彼此会交流一些私底下的八卦。对这两个男人而言，这是愉悦而有益的安排。

博克曼用惯常厌世的咕哝声接起萨姆的电话。

"博克曼，"萨姆说，"我需要征求你的意见，但我不会让你太辛苦。今晚我会开一瓶蒙切榭葡萄酒，我讨厌独自喝酒。你说呢？"

"我可能有兴趣。什么年份的？"

"2003 年。夏特蒙特酒店六点？"

"别冷藏太久。"

六点刚过，博克曼来到了萨姆的套间的门前。在参加完洛杉矶警察局总部接连几个重大会议后，博克曼觉得在如此漫长辛苦的一天后，有必要解解压，放松一下自己。他轻敲了下房门，采用他的官方警员口吻。"我知道你在里面，"他说，"出来双手举起裤子脱下。"一个正穿过走廊的年轻男子惊恐地看了一眼这个身材魁梧的黑衣男人，一路小跑至电梯口。

萨姆打开了门，闪到一边，好让博克曼那庞大的身躯进入门厅。他们走向小厨房，那里有一整面墙的控温橱柜以供萨姆保存即将饮用的葡萄酒。开了瓶的蒙切榭放在橱柜上的冰桶里，旁边放着两个酒杯。当萨姆倒酒的时候，博克曼拿起软木塞闻了闻。

两人都没有说话，他们举杯致意从窗户透进来的夜光。在他们啜饮第一口之前，先轻轻地晃了晃美酒，深吸了一口令人陶醉的甘美酒香。

博克曼发出一声愉悦的赞叹声。“别把这瓶酒放回去。”他又喝了很大一口。“这不就是大仲马说的那种喝的时候应该脱帽、下跪的葡萄酒吗？”

萨姆咧嘴笑了。“我的确听说过勃艮第那儿的人只要经过葡萄园，就会脱帽致敬。”他拿起冰桶走到客厅，两个男人坐在了超大型的扶手椅里，葡萄酒放在他们中间的矮桌上。

“现在，”博克曼说，“让我猜一下，为什么请我来这儿。”他又喝了一口，注视着他的玻璃杯，好像陷入了沉思。

“我接手了罗斯的案子。”

“听说了。来这儿之前，手下跟我大致汇报了下。进展到哪儿了？”

“我目前唯一的发现，就是罗斯先生是个讨厌的家伙。他很不诚实——企图隐瞒什么。藏酒的保险金额是二百三十万美元，他却声称价值三百万美元。或许值，但实际投保金额不是三百万美元。除此之外，我所掌握的就是这是专业团伙作案。明天我将到拍卖行查看下，但我敢打赌那些被盗的葡萄酒并不是为了倒卖，而是为私人酒窖提供的。”

博克曼点头表示赞同。“有道理。那些藏酒不是随处可见的。这样太容易被追踪到。”他又斟满一杯。“你不认为罗斯是主谋，以骗取保金？”

“不。你读过那篇《洛杉矶时报》的专访吗？罗斯是那种喜欢炫耀自己所有的人。如今他的酒窖失窃，足以让他丢尽颜面。”萨姆将冰水中的酒瓶转了转，又给自己斟满。“这就是我现在的进展。你呢？你的手下找到了些什么？关于墨西哥裔的看门人？”

博克曼哼了一声，表示嘲笑。“别想了。我们国家有什么——一千两百万非法移民？估计超过一半都在加利福尼亚州，而且没人在电脑上有任何记录。相信我，那个家伙现在不是已跨越边境安然无恙，就是躺在垃圾箱里等着收尸。”当博克曼确定了他的第二杯品尝起来与第一杯同样美味时，稍微停顿了下。“想知道一个好消息吗？我们找到了救护车。”

“那坏消息是？”

“没有牌照，也没指纹。擦拭得很干净，不留痕迹。这些家伙知道自己在干吗。目前看来，是个死胡同。况且我们手头还有其他案子需要处理。”他用自己的粗手指一一列举。“政府官员邀请托尼·布莱尔在其住处喝茶。红色警报安全演习。我们还刚知道了一起名人自杀事件，初步分析更像是一起谋杀案。有几个白痴用步枪扫射圣莫尼卡高速公路的车辆，当作打靶练习。这个月杀人犯的数量激增，所以市长一直盯着我们的案子。诸如此类的寻常公务。几瓶失窃的藏酒怎么着都不是我们的重点关注对象。”博克曼提起他魁梧的肩膀，耸了耸，表示歉意：“我们会尽全力协助你，但这次你还是仰仗你自己吧。”

随着瓶里的酒不断减少，谈话趋向更轻松的主题：美食、美酒和湖人队。接下来的一小时轻松愉快地过去了。但当博克曼一离开，萨姆不得不再次意识到调查的展开举步维艰。正如他朋友所说，这次只能靠自己了。

第六章　究竟该从哪儿查起呢?

无论他给谁打过电话、到什么地方调查过，结果只有一个：无功而返。

与读者读到的侦探小说不同，现实中几乎没有什么案件是靠臆测或预感侦破的。即使案件可能十分普通，但相较依靠瞬间的灵光乍现，有耐性的人往往可以依靠收集信息抓获更多的坏蛋并将他们绳之以法。以此为准则，萨姆定下心来，开始尽职尽责地调查一些可能与案件相关的基本情况。

他从一些赫赫有名的名字查起：苏斯比家族、克里斯蒂家族、亨利酒业集团、索克林、艾克·马瑞尔、康迪特等。调查结果表明，这些人中没有任何人新近买入或出售过清单上的被盗藏酒。

他试着走访过一些小型的拍卖行。他去见过罗伯特·切德顿和别的独立进口商。他还查询过“葡萄酒搜寻”网站，希望能侥幸从中发现有人曾搜索过罗斯的收藏中的某些葡萄酒（那个网上每年大约有两千万次的搜索量）。无论他给谁打过电话、到什么地方调查过，结果只有一个：无功而返。

几个星期过去了，萨姆的调查工作愈加频繁地被发怒的丹尼·罗斯打断，罗斯不断来电要求他报告进度。藏酒盗窃案的新闻已经在洛杉矶葡萄酒收藏圈子里传开了，罗斯的自尊心因此遭受了重创。除了敬意与钦佩，罗斯还收到了同情——其中一些的确是真诚的。更气人的是他还接到一些酒窖保安专家的推销电话，名义上是为他提供安全建议，其实是出于嫉妒一个个在幸灾乐祸。对罗斯而言，几乎每一天他都遇见一些人带着不加掩饰的满足感，跟他提到盗窃案。浑蛋！

由于和罗斯进行了长时间激烈的争论，萨姆度过了一个特别令人怨恨的早晨，他决定去游泳，让自己冷静一下。当他从酒店的泳池返回住处，穿过花园的时候，被一双极为迷人的长腿吸引住了。作为此类事物的鉴赏家，他停下了脚步欣赏它们。当长腿的主人转过身来，萨姆认出是凯特·西蒙斯，她看起来比以前更可爱了，然而令洛杉矶众多单身男士心碎的是她已与一位银行家结婚了。

她微笑着从上到下打量着他：湿漉漉、蓬乱的头发，在巴黎就穿过的旧旧的丽兹酒店的浴袍。“你好，萨姆。看得出来，你还是那么讲究衣着体面。最近过得怎么样？”

萨姆望着她，感觉好像是叔叔与特别喜爱的侄女撞见了，最近他经常会觉得自己像是个慈祥的叔叔。对此，他把原因归结为自己变老了。“凯特，你在这儿干什么呢？有时间一起喝杯咖啡吗？或者一杯香槟？见到你太棒了！”

凯特一直面带微笑，她用手背轻轻拂开额前一缕深褐色的头发，萨姆记得这个动作是她正在考虑到底要说什么时的惯常姿势。但在凯特开口说话前，萨姆就挽起她的手臂，径直把她领到光线昏暗处的一张桌子前。“事实上，”他说，“刚才我正想起了你，想知道你在哪儿。”他为她拉开椅子。

“你一点都没变，萨姆，还是会说那么多甜言蜜语。”她终究笑着坐下了。

喝咖啡的时候，凯特告诉萨姆，她在一家电影公司做公共关系方面的工作，这就是她来夏特蒙特的原因。她来这儿是为了与一位女明星见面，那位女明星保养得好到令人惊叹，正在为她的最新电影作品的宣传做准备。女明星将搭乘私人专机去纽约、伦敦和巴黎参加首映式，随身配备专属造型师、营养师、私人保镖、八箱衣物，以及现任丈夫。凯特说，在好莱坞这仅仅是次轻便的旅行（“甚至都没有一个心理医生随行”）。萨姆欣喜地看到，她看上去还是理智地看待这类无稽之谈。

轮到萨姆说说他的近况，他告诉凯特自己接了罗斯的活儿，但让他惊讶的是她早已了解其中的一些细节。原来，凯特的丈夫理查德也是个进行小规模收藏的葡萄酒收藏家，他一直在关注案子的进展。

“美国的许多葡萄酒狂热爱好者都看过《洛杉矶时报》的那篇报道，”凯特说，“或许是有人策划了盗窃案，也可能是罗斯自己干的。为什么不可能呢？洛杉矶还有比这更离奇的事呢。”

这似乎是普遍赞同的观点。“这不是不可能，”萨姆说，“即使他表现为一个受害者，而且令人非常信服，但可能只是一种表演。无论如何，我想我是不会把他从嫌疑者名单上去掉的。”萨姆耸了耸肩，“也就是说，他在被怀疑之列。”

“你还去别的地方查看过吗？”

“比如说哪里？”

“我不知道。欧洲国家？中国？俄罗斯？又不是只有美国有为了葡萄酒而会去以身试法的罪犯。”凯特喝完咖啡，看了看手表，“我得走了。”她靠上前去，吻了下萨姆的脸颊，“有空的时候过来与我们共进晚餐吧。你还从没见过理查德，你一定会喜欢他的。”

“那样太痛苦了。我已经用了一整夜思考你为何不嫁给我。”

尽管并不是发自肺腑，凯特还是笑了笑，摇摇头，望着萨姆，很长时间后才戴上墨镜。“你个大傻瓜。你又从没问过我。”然后转身离开了，走出花园的时候，凯特向萨姆挥手告别。

长久以来，萨姆觉得身穿正装几乎可以让自己在所有女人面前保持体面，这真是一件幸运的事，除了一两次戏剧性的意外——在莫斯科遇到的六英尺高的乌克兰模特儿，在布宜诺斯艾利斯杀气腾腾的牧场主的女儿，当然还有伊莲娜——在他其余的恋爱关系中，他和女友们都没有反目，他推断或许她们都意识到了对他不能太认真。

当萨姆再次坐到桌前，他又看了一遍失窃的葡萄酒的清单，想起了凯特的评论。毋庸置疑，她是对的：美国并不是唯一有不惜为葡萄酒以身试法的罪犯的国家。但究竟该从哪儿查起呢？

萨姆起身离开座位，穿过其他房间来到他的图书馆——从地板延伸到天花板的书柜，然后停在摆放着和葡萄酒有关的书籍的区域。在那儿有各种不同新旧程度的书籍，包括彭宁－罗塞尔的《波尔多的葡萄酒》、李契尼的《葡萄酒与烈酒百科全书》、福里斯特的《葡萄酒阁下》、本年度的《阿歇特葡萄酒指南》、布罗德本特的《品酒》、约翰逊的《美酒》、奥尔尼的《依坤酒》、林奇的《酒路探险》、希利的《留酒待我》，以及其他二十本多年来收集到的书。随着手指滑过书脊，他留意到一本残破的书，杜伊克的《波尔多酒庄的美酒》，萨姆把它拿出来放到桌上，还绕道去给自己倒了一杯餐前的夏布利酒。

每次打开这本书他都觉得很愉快。某些作家写的关于美酒的文字常常矫揉造作或滑稽可笑，相较之下，这本书写得深入浅出，陈述事实多于夸赞。同时这本书还给人视觉上的附加享受——书里附有各种彩色照片：八十多个庄园和里面的酒窖、葡萄、酒窖主人，还有一些身着花呢服装绷着脸的优雅的庄园所有人。对于波尔多美酒的爱好者来说，很难找到一本比它更能引起共鸣的书了。

以清单中所列的丢失的葡萄酒的名字为指引，萨姆匆匆翻阅如下篇章：拉菲、拉图、飞卓、柏图斯、玛歌——耳熟能详的名字、传奇般的美酒、气派的庄园。他一直想去探索波尔多完美的葡萄园，那里曾被描述为一件巨大的园艺杰作，可惜的是一直未能成行。正是这种遗憾之情再加上调查案件的需要，迫使他下了决心。他啪的一声合上书，然后打电话给伊莲娜·莫里斯。

伊莲娜接听电话的时候，她的声音听上去略微有些低沉，那是萨姆再熟悉不过的了。“你这个缺乏教养的女人——在办公桌边吃午餐会严重消化不良的。”

“多谢了，萨姆。你还真知道怎么取悦女孩子。的确，我太忙了，都没有时间出去吃饭。你呢？有进展了吗？”

“这是我打电话给你的原因。我把在办公室内能做的调查工作都做完了，不久会给你一份详细的报告，不过期待值不要太高，我也没查到什么。所以，我决定进行一些实地调查。”

“去哪儿？”

“伊莲娜，调查有一条基本准则：想真正理解一件罪案，就要回到最初的地方。这个案子里，源头就是葡萄酒的产地，也就是波尔多的酒庄。”电话那头一阵沉寂。“我想我会先去巴黎，然后再去那儿，我需要在巴黎见个人。”

“好主意，萨姆。除了一件事——花销。”

“伊莲娜，你必须得考虑加码。”

“听着，我清楚你旅行的方式。你是不是期待我们收到头等舱的机票费用、高档酒店和高级餐厅的账单？”她说话的声音越来越小，伴随着叹息，“在巴黎你准备住在哪儿？”

“蒙塔龙贝酒店。还记得吗？”

“萨姆，收起你的怀旧之情吧。我们不会负担你的费用的。”

“让我们合乎情理地处理这件事吧。如果我找到了藏酒，由你们报销。要是没找到，我自己埋单。成交？”

伊莲娜沉默不答。

“那我当作你默许了。”萨姆说，“哦，还有一件事。我准备在波尔多当地找个地陪（地方陪同导游），需要有当地关系并且会说英文。估计你们巴黎分公司能帮这个忙。你确定不想跟我一起去吗？”

望着桌上的白干酪和沙拉，想到巴黎，伊莲娜感觉无比怀念。“旅途愉快，萨姆。别忘了给我寄张明信片。”

距离萨姆上次去巴黎，转眼已有两年。他兴致勃勃地安排好了一切：买好了机票，订好了酒店，安排了与亦敌亦友的阿克希尔·斯克罗德见面，在巴黎的著名餐厅塞盖尔·雷卡米耶预订了一个位子，和夏尔凡服装店细心服务他的店员约瑟夫约定顺便见个面。

之后，萨姆收到了伊莲娜的邮件——觉得她的语气冷冰冰的——

她告知萨姆从诺克斯在巴黎的同事那里得到的一些信息。他们推荐一个专门从事葡萄酒保险业务、出生于波尔多的代理人考斯特女士当地陪。她在当地人脉甚广，英文也很流利，而且根据巴黎分公司的说法，她非常严谨认真。以萨姆对法语的了解，当被形容为严谨认真的时候，通常是指这个人能干、可靠和乏味。通过简短的邮件往来，萨姆给考斯特女士发送了他的机票信息，而她也确定可以在波尔多的梅里尼亚克机场接机。

在打包行李前，萨姆做的最后一件事是给罗斯的办公室打电话。

“他正在开会。”塞西莉亚·沃尔普回答道，“需要我转告他给您回电话吗？”

“只需要告诉他我正在跟进一些线索，要去法国一阵子。”

“好酷，”塞西莉亚说，“我爱巴黎。”

“我也是。”萨姆回应道，“请转告罗斯先生，可以随时联络我。”

第七章　这里是巴黎

从马奈、莫奈到羊排和令人难忘的焦糖蛋奶酥，这是一段重温旧梦的旅程，但也掺杂着怀旧带来的一阵阵刺痛感。

萨姆已经在洛杉矶机场等待飞往巴黎。轮到他过安检时，他怀着不断增强的同情心观察着在他前面的那个男人进退维谷的状况。他很矮，还是个乐呵呵的胖子，从口音可以听出他是个德国人。他犯了个错误——朝安检员微笑，还试图幽默一把："今天是脱鞋子，明天是不是就要脱内裤了？"那个面无表情的安检员沉默着盯着他。不过随后，安检员明显是怀疑那个可怜的德国人企图走私一种存有潜在危险的幽默感上飞机，命令他出列等候主管的调查。

脱掉鞋子，解下皮带，当电棒游走过萨姆的全身，他的手臂上举，宛如耶稣受难像，萨姆思考着现代旅行的乐趣。过于拥挤、总是肮脏不堪的机场，刻板的工作人员，过半的晚点概率，以及每次飞行前沉闷和充满屈辱的安检过程。难怪大多数乘客在他们最终登上飞机后的第一件事就是要一杯酒。

历经了在航站楼的混乱，头等舱里令人期盼的安静、愉快和放松如约而至。萨姆要了一杯香槟，脱掉了鞋子，瞥了一眼菜单。一如往常，菜单总是乐观地想要复制地面上某家餐馆里的菜肴，而且今天的调味汁他特别喜爱。菜单上有小羊肉配甜辣酱，香煎安康鱼配鼠尾草酱，意大利烟熏三文鱼卷配奶油罗勒酱汁。编写菜单的人，简直就是骗人的王子，他让一切听起来都异常美味。然而，根据萨姆以往的经验，这些菜肴实际上将会干巴巴的，令人失望，调味汁会因为高温加热而脱水起皱，蔬菜也寡淡无味。

航空公司为何要想出一些豪华菜式，却仅仅依靠有限的设备，例如狭窄的厨房和微波炉来完成呢？那绝不可能完成。萨姆决定还是只啃面包，配上奶酪和葡萄酒，即使是这些也比他预想中的糟糕。酒瓶上的标签令人印象深刻，血统纯正、无可挑剔，葡萄采摘年份也是极棒的。但这酒在三万英尺的高空，怎么喝味道都不对。随着高度增加，它好像也“失重”了，飞机颠簸影响了平衡，也影响了口味。引用一位著名评论家的话：“经历喧嚣骚乱的起飞降落、起飞降落后，美酒从未有时间重拾其镇静。”萨姆试着喝了一杯，之后换成了水，他吞下一粒安眠药来代替甜品，直到第二天一早才醒来，而飞机已经穿过英吉利海峡开始降落了。

回到巴黎总是令人感觉那么欢快。当出租车经过拉斯帕丽大道去往圣日耳曼大道时，萨姆又一次被奥斯曼在 19 世纪中期的完美设计所震惊——宽阔的主干道、适宜于人类居住的楼房、壮丽的花园、让人意想不到的袖珍公园、塞纳河及其上优雅俯冲的大桥、绿树环绕的英雄纪念碑，以及狭长而壮观的街景。以上这些合而为一，使得巴黎成为世界上最适合步行的城市之一。此外，按照大都市的标准来衡量，它也算干净的。没有成堆的垃圾袋，没有排水沟被食品外包装、泡沫塑料和压扁的香烟壳堵塞，它不以城市的肮脏欢迎四方游人。

距离萨姆上次来巴黎已有两年时间了——一个悠长而有趣的周末，那时是与伊莲娜共度的——而萨姆觉得蒙塔龙贝酒店依旧迷人。这家酒店藏匿在巴克大街的后面，小小的，别致而又平易近人。那些年轻的、没那么自视清高的时髦女士通常在每年的巴黎时装周会下榻于此。作家及其经纪人和出版商都会在酒店的酒吧出没，专注地望着他们的威士忌，考虑着他们的稿酬问题和法国文学的现状。这里不时有漂亮的姑娘进进出出，当地的古董商和画廊总监们也会偶尔造访，他们会用香槟庆祝买卖的成功。人们在这里都感到宾至如归。

当然，这很大程度上归功于这里的员工，但酒店底层别致的格局布置也功不可没。在一个相对狭小的空间里，酒吧、小餐厅以及一个自带焚烧木材的壁炉的微型图书馆，它们依靠不同层次的光影，而不是墙壁，彼此分隔开：略微明亮处是餐厅，较昏暗处是图书馆。商务用餐区域在前面，浪漫的约会被安排在后方。

萨姆办理完了入住手续，他已经被餐厅里传来的咖啡的香味吊足了胃口。在匆忙洗完澡刮完胡子后，他下楼要了一份奶泡咖啡配羊角面包，边吃边整理了一遍上午和下午的出行计划。他慷慨地给自己放了一天假——当一天的游客——他感到非常开心，因为他选择的目的地走路就能到达：参观奥赛博物馆；步行穿越皇家大桥去罗浮宫附近的玛尔利咖啡厅吃点东西；然后去旺多姆广场，顺路逛至杜乐丽花园，最后去赴夏尔凡之约。

巴黎当下正处于冬末春初之际。当萨姆走在圣日耳曼大道时，发现女孩们对于这个季节要穿什么想法迥异：有的还包裹着围巾、大衣和手套；另外一些则身着立体剪裁的夹克外套和短裙，正与由塞纳河吹来的寒冷微风负隅顽抗。但无论她们穿的是什么，似乎都迈着某一种特定风格的步子。萨姆想，这或许就是真正的巴黎女郎的标志：轻快地阔步前行，高仰着头，包包挂在一边肩上，而且点睛之笔在于——双臂交叉，这样的姿势可以让胸部变得更挺拔突出，效果类似于有生命的胸衣。因为沉醉于这种观赏乐趣，萨姆几乎忘了要拐到通往河边和奥赛博物馆的街道。

在奥赛博物馆，总是有太多作品让人目不暇接。萨姆决定只看顶层的，在那里，印象派画家与他们的后印象派的同行并驾齐驱。即便如此，当他想起看手表时，两个多小时已一晃而过，他甚至都没来得及对雕塑作品和创新艺术展览表示敬意。萨姆向莫奈、马奈、德加和雷诺阿脱帽致敬后，离开了博物馆，之后他穿越塞纳河，赶往罗浮宫享用午餐。

法国人对于各种规模的餐厅的设计都独具天赋，对于空旷空间的配置更是独具匠心。比如，于 1927 年开始营业的穹顶咖啡厅作为“巴黎最大的餐厅”，尽管其规模宏大，但设计很人性化；而玛尔利咖啡厅，虽然比穹顶咖啡厅小，但相较于大多数餐厅，规模还是算相当庞大的。经过规划，玛尔利咖啡厅里有安静的小角落，为顾客提供私密的空间，因此你从不会感到身处如同跳舞场那样巨大的餐厅用餐。最妙的是，那里还有一个狭长的隐蔽的平台，从那儿能看到玻璃金字塔的风景，萨姆就在那儿选了一张小桌子坐下。

阔别巴黎如此之久，此番回归后总有一种诱惑让萨姆想要尝遍美食，难以自拔。可以称之为贪心，或者是长期匮乏的后果。巴黎的食物品种如此之多，又是如此诱人，还有极具艺术美感的摆盘，让人觉得不点布列塔尼的招牌牡蛎、来自锡斯特龙的带有药草味的羊肉和甜点前的两三片奶酪，简直就是暴殄天物。但头脑冷静下来后，想到还要吃晚餐，萨姆点了一小份闪光鲟鱼子酱配冰伏特加，让时间在用餐过程中静静流逝。

在喝咖啡的间隙，萨姆恪守了他作为游客的职责，记录下了当天要邮寄的明信片的分配情况：一张给伊莲娜，告诉她他正忙着寻找线索；一张给博克曼（你若安好，便是晴天）；还有一张给艾丽斯，她是他在夏特蒙特住宿时的客房服务员，艾丽斯从未踏出过洛杉矶，但当萨姆去到外地时，她也可以如临其境，他提醒自己别忘了购买一座微型埃菲尔铁塔，满足她收集纪念品的嗜好。

当巴黎冬日里短暂停留的太阳破晓而出，点亮天际时，萨姆已离开罗浮宫拥挤的人群，去往井然有序的杜乐丽花园，此刻他正停下来欣赏贯穿整个花园的那悠长延伸而非凡的景色。之后他沿着香榭丽舍大街一路直奔凯旋门。目前为止，他所收获的愉悦比预想的多得多。当他到达旺多姆广场时，整个人彻底放松下来，沉醉于对午餐的回味和好心情中——可是如果是在夏尔凡购物，这样的放松可就危险了点。

作为面向上流人士的服饰店，夏尔凡已经营了一百五十多年。萨姆被夏尔凡定制衬衫的低调奢华吸引。那不仅仅是简单的他所钟爱的舒适、有型和合身。定制还具有一种强烈的仪式感，是不可或缺的一部分：浏览各色织物，对袖口、衣领和剪裁进行细致耐心的讨论，还有关于他想要了解的知识的精准见地。同时，作为额外奖励，让人喜出望外的还有那里富丽堂皇的环境，它孕育了那些讨论和构想。

有关夏尔凡的上述种种，几乎很难将之仅仅归结于购物体验——它占据了巴黎最著名的地标之一——旺多姆广场 28 号的好几层楼。萨姆一走进店里就被地处有利位置的丝绸区域所包围，满眼都是各种领带、围巾和手绢。约瑟夫数年前曾带萨姆来过这个拥有单针缝合的货真价实的珠母贝纽扣的神秘衣饰店。他俩一起搭乘小型电梯去到二楼的织物室，那里有数千匹的府绸、海岛棉、亚麻布、法兰绒、上等细亚麻布和丝绸，萨姆在那里待了一整个下午。他最终定制的每一件衬衫，会如同葡萄酒一样标上日期——在衣服内里的接缝处会缝上一个小小的标志，标明它的制作年份。

当萨姆步行返回酒店时，想到了那个即将和自己见面的男子，阿克希尔·斯克罗德，多年来他一直盘踞在世界最成功的盗贼之列。珠宝、油画、不记名债券乃至古董，他都盗取过，或者用他的话来说，只是将这些物品变更了所有权。但他也随之指出，作为一个崇尚简朴的人，盗窃这些东西不是为了他自己，而是为了贪得无厌的客户。斯克罗德和萨姆见过一次，当时他们是为同一项任务的不同雇主服务，他们相互尊重，各自的职业操守使得他们都不触碰对方的计划。斯克罗德手持三个不同国家的护照，由此萨姆怀疑他的指纹依靠手术变换了不止一次。这也说明他是一个谨慎的人。

萨姆看见斯克罗德坐在蒙塔龙贝酒店的酒吧里，面前桌子上放着一杯香槟，他身材瘦削，脸上有滑雪晒伤的痕迹，身穿一套浅灰色细条纹剪裁复古的西服，稀疏的银灰色头发精心修整过，新近修剪过的指甲闪着柔光。他看上去更像某个企业退休的一把手而不是资深的盗窃团伙头目。

“能再见到你真好，你这个资深坏蛋！”当他们握手时，萨姆说。

斯克罗德笑了。“我亲爱的孩子，”他说，“拍马屁是行不通的。洛杉矶那儿的人有没有醒悟过来，把你踢出局？”他示意了下侍者，“请给我的朋友来一杯香槟，同时记得把账记在他头上。”

作为一个消息灵通的人，斯克罗德得知萨姆已经洗手不干那些犯罪的老本行了，现在完全是站在法律正义的一边。不出所料，这限制了他们谈话的内容。好多分钟过去了，这两个男人似乎在打无形的扑克牌，只是相互开着玩笑，而斯克罗德等待着萨姆亮出底牌。

“阿克希尔，这不像你啊。”萨姆说，“我们已经聊了十分钟了，但你还没有问我来这儿的原因。”

斯克罗德在回应他之前抿了一小口香槟。“你了解我的，萨姆，我从来不喜欢探听口风。好奇心害死猫。”他从胸前的口袋里掏出一块丝质手帕，轻轻擦了下嘴，“但既然你提起了——那么是什么促使你到巴黎来的呢？购物？姑娘？厌倦了芝士汉堡，想要来一顿豪华大餐？”

萨姆告诉了斯克罗德葡萄酒盗窃案的详细情形，仔细观察着他的表情的细微变化，但是一无所获。眼前这位长者一直保持沉默，只是时不时点点头，表情神秘莫测。萨姆企图确定斯克罗德到底知道些什么，但即便是他拐弯抹角提出的问题得到的回应也只是笑而不语。令人沮丧的半个多小时过去了，萨姆决定今天到此为止。当他俩起身准备离开时，萨姆尝试发出最后一击。

“阿克希尔，我们交情匪浅。你可以完全信任我，我会让你全身而退。是谁雇用的你？”

斯克罗德的脸上有一种迷惑无辜的表情。他皱着眉摇了摇头。“我亲爱的孩子，我压根儿不知道你在说什么。”

“你总是这么说。”

“是，我是经常这么说。”他咧嘴笑着，拍了拍萨姆的肩膀，“但看在以往的交情上，我会帮你问问。如果有任何线索，我会通知你的。”

萨姆透过窗户看着斯克罗德低头进入等候他的奔驰车后座，当车行驶离开时，萨姆能看见他正在接听电话。那个老流氓是不是企图掩盖些什么？他是不是想要知道更多而不是吐露更多？看来晚餐时要花费大量时间来好好思考这些问题。

作为这一天最后的放纵，萨姆准备前往塞盖尔·雷卡米耶餐厅早早地吃晚餐，并且要独自享用，这对他来说是另外一种小小的乐趣，他在叙兹拉鲁斯上品酒课程的时候，初次有了这种体验。这是由投资家努巴·戈尔本肯首次提出的，他坚定地认为最为理想的晚餐用餐人数是两位：“自己和侍酒师。”（萨姆的侍酒师有不同人选，戈尔本肯的专属人选则是一位侍者领班。）

在如今的社交界，独自一人享用晚餐是会被人误解的，或许会成为被同情的对象，因为普遍的观点认为在熙熙攘攘的餐厅选择一个人坐着是让人难以接受的。然而，对于那些安心于无人相伴的人来说，一人一桌有很多值得称道之处：没有来自伴侣的打扰，可以将注意力集中在供应的美酒和食物上；如果邻桌有妙不可言的轻率言行，你还能偷听到偶尔飘来的悄悄话；还有，一个专注的观察家还能享受其他进餐者所表演的“余兴节目”，可以重点关注有趣的人，也会被复杂多变的人类行为吸引。

从酒店步行到塞盖尔·雷卡米耶餐厅只需要五分钟，这是萨姆在巴黎最喜欢逗留的地方之一。它隐藏在塞夫勒街的死胡同里，有着萨姆倾心的餐厅具有的所有特质：简约、低调、极为专业。那些侍者一直都在跟前候着，他们对于自己的专长再熟悉不过，把酒单记得烂熟于心。老主顾是一群各行各业有意思的人——在这些常客中，萨姆就见过政府官员、国际顶级网球选手、电影明星。那里还供应蛋奶酥，轻盈而淡雅，可口更甜美。如果这些恰恰是你的死穴，你定会在那里大快朵颐。

萨姆被领到餐厅中间一根很粗的柱子前的桌旁，他背对着柱子而坐，面朝着一排靠着镜子墙面摆放的桌子。因此他既能够轻易看见背后往来的食客，也能看见对面的客人。这里是窥视整个餐厅的绝佳位置。

侍者奉上一杯夏布利酒和菜单，还提示了黑板上列出的当日特色菜。萨姆点了羊排——一份货真价实、蔷薇色泽、完美烹调的羊排，搭配一些奶酪和焦糖蛋奶酥。他让侍者为他挑选酒的品种，因为他了解侍者是一位得力助手。因为满足，萨姆发出了小小的感叹，他将身体靠在椅背上，想到了他离开洛杉矶前的最后一餐。

那是他和博克曼的惯常之约。他们决定去尝试在圣莫尼卡的一家极为时髦的餐厅——致力于将各种烹饪方法的融合达到极致，并且进行别出心裁的烹饪试验。据一则扣人心弦的餐厅评论称，这是一间烹饪实验室，他俩后悔真应该多做点功课。那里有各种小创意——有的食物端上来的时候栖息在汤匙里，另外一些则盛放在眼药水滴管里。酱汁是装在注射器里端上来的，一个矫揉造作的侍者会一丝不苟地指导你该如何食用每道菜。由于整个用餐过程都是从一个可食用的小装饰品小心翼翼地到下一个，博克曼开始郁闷起来。博克曼点了面包，但被告知主厨没有将其列入烹饪范围。当侍者兴高采烈地端上甜点培根鸡蛋冰激凌的时候，他的耐心终于耗尽了。萨姆也是如此，因此他们就此离开，去了别处觅食。

萨姆周围的餐桌慢慢坐满了人，他的目光被对面桌子前并肩坐着的一对食客吸引了过去。他们中的男士是个中年人，衣着光鲜，与侍者甚为熟识。他的同伴是一位大约十八岁，面容姣好的女孩，长得像年轻的让娜·莫罗，她正专注地倾听那位男士说话。他俩挨得非常近，合看一份菜单。萨姆意识到自己正目不转睛地盯着他们。

“真是个娇小的可人，是吧？”侍者端上羊排时朝那个女孩坐的方向挑了下眉毛，问萨姆。萨姆表示认同，侍者压低了声音：“这位先生是我们的熟客，那个女孩是他的女儿。他正在教导她该如何与一位男士共进晚餐。”只有在法国，萨姆想，只有在法国才会如此。

随后当萨姆要返回酒店走到小巷的拐弯处时，他回顾了自己休假的这一天。从马奈、莫奈到羊排和令人难忘的焦糖蛋奶酥，这是一段重温旧梦的旅程，但也掺杂着怀旧带来的一阵阵刺痛感。即使树木已变得光秃秃，巴黎看上去还是那么引人入胜。巴黎人似乎已面临丧失骄傲与冷漠的名声的危险，变得和蔼可亲。如乐曲一般的法语萦绕耳畔，新鲜出炉的烤面包散发出暖热香气，塞纳河荡漾着青灰色的波光——这是他对巴黎的所有记忆。然而，也不知为什么，它又让人感觉焕然一新。巴黎就是给你这样的感觉。

这是美好的一天，萨姆感到愉悦而疲惫，他把自己没入浴缸，通过热水浴驱散掉倒时差带来的不适反应，之后沉沉睡去。

第八章　波尔多的索菲

索菲从贝壳里取出一只生蚝放到嘴里，吞咽之前在口中停留片刻。然后她拿起贝壳，仰起头露出细长的脖子，吸出壳里的汁水。萨姆觉得这是一场让他魂不守舍的表演。

第二天，在飞往波尔多的短途航班上，为了打发时间，萨姆开始琢磨坐满法国人的飞机与坐满美国人的飞机的差别。落座后，他的第一印象就是客舱里的噪声值降低不少。对话几乎是静音模式的，显示出法国人对于被窃听的恐惧。乘客们都体格较小、肤色较深，不管男士还是女士，金发者较少。听音乐播放器的人相对较少，看书的人则比较多。美国人整天对瓶装水的热爱，在法国乘客这儿是见不到的（或许是因为他们大多数来自波尔多，因为身体原因，他们只饮美酒），也看不到有人吃零食。他们的衣着式样介于职业装和狩猎装之间，青苔色、长及臀部的狩猎外套披在商务套装的外面，萨姆甚至有点期待能看到野鸡的尸首从侧面的口袋中探出来。法国男人的头发留得更长些，而且明显能闻到阵阵须后水的味道，在他们身上，男式的耳环和棒球帽是看不到的。总体来说，他们的外表看上去更正式些。

然而，法国人和他的美国表亲之间还是存在着不容忽视的相似性，一旦飞机到达了停机门，两百部手机会即刻出现，与美国人的表现如出一辙。乘客们纷纷打电话告诉自己的妻子、情人、爱人、秘书或者生意伙伴，飞行员再一次挫败了死神的挑衅，飞机已安全着陆。而萨姆则倾向于认同这样一种理论：其中有九成的电话都没必要打，因此他更乐于安静等待他的行李，在喋喋不休的人群中他是个沉默者。

为了寻找他的联系人考斯特女士，萨姆扫视着接机处的人群，直到目光落在一位独自站着的女士身上，她手里拿着一块纸板放在腰前，上面写着“萨姆”。她看上去似乎十分害羞，好像是被人撞见正在机场招揽刚下飞机的陌生人一般。萨姆径直走过去做了自我介绍。

考斯特女士真是个惊喜——完全不是萨姆料想的那样——一位有着扁平足，长着淡淡的小胡子的彪悍妇女——她很苗条，三十多岁，穿着简单的针织衫和休闲裤，一条丝巾松松地系在颈上，太阳镜架在茶色而非金色的头发上。她的脸蛋是通常会登上杂志的那种：鹅蛋形状并且看上去很有教养。简而言之，她是具有优美体态和良好气质的女性的典型代表。在之前游览法国期间，萨姆时常听到一个表述——缩写为 BCBG——通常指的是某一个阶层和具有某种风度的人：他们高雅独特，相对保守，并且痴迷于爱马仕缔造的一切。

萨姆微笑着与她握手。“感谢您特地来接我。但愿没打搅到您的下午时光。”

“当然不会，能走出办公室也不错。列维特先生，欢迎来到波尔多。”

“请叫我萨姆。”

考斯特女士抬起头，皱了皱眉，似乎被突如其来的亲近吓了一跳。但一想，谁叫他是美国人呢。“可以叫我索菲。走吧，车就停在外面。”

索菲带路，他们出了候机楼，一路上她在自己硕大的皮包里摸找着车钥匙，那个皮包的颜色和质地如同用旧了的马鞍。萨姆设想她的车会是标准的法国样式：小型、灵便，狭小的车内放不下美国人的长腿。然而，他们面前的是一辆深绿色、溅满泥垢的路虎车。

索菲不好意思地动了动舌头，发出吧嗒声。“请不要介意车子这么脏。我昨天去了乡村，那里到处都是泥土。”

萨姆咧嘴笑着。“在洛杉矶，公路上的巡逻人员很可能会让你靠边停车，理由是驾驶不整洁的车辆。”

“真的吗？让我靠边停下？”

“说笑罢了。”萨姆上了车。索菲开车时快速又果决，完全不理会机场的交通状况。她放在方向盘上的手同样展示了主人时髦高雅的一面——没有涂指甲油却散发着光泽的指甲修剪得短短的，一枚金色的印章戒指戴在小指上，戒指看上去非常古老以至于家族饰章都磨平了，手腕上还戴了一块表带是黑色鳄鱼皮的卡地亚坦克金表。

“我为你在斯普莱迪德酒店预订了房间，”索菲说，“在老城区的葡萄酒大厦附近。希望你会满意，我费了些周折才找到的，因为我在这儿长大，从来没住过波尔多的酒店。”

“你在这里住了很久了？”

“我出生在波亚克，离波尔多大约五十公里，所以算是当地人。”

“那你的英文呢？别告诉我是在波亚克学的。”

“几年前我在伦敦待过。那些日子里我不得不说英语，因为周围没人会说法语。如今的伦敦就像是法国的一个城市，有超过三十万的法国人居住在那儿，他们说在那儿做生意更容易。”索菲朝方向盘靠了靠，“现在没问题了吧。我得专注地开车。”

索菲穿过一条条单行道，最后停在了一家酒店门口：这是一栋 18

世纪风格的建筑，有着浮夸的外观和一种自鸣得意的体面。

“就是这儿。”她说，“现在我必须赶回办公室，但是如果你愿意，我们可以晚餐后碰面。”

萨姆点了点头微笑着说：“乐意之极。”

萨姆在酒店的大堂等候着索菲——或者，按照酒店的宣传手册上的官方说法，这是属于资产阶级的一种“惬意”的沙龙形式。萨姆觉得既放松，又因为与索菲·考斯特的第一次见面而感到欢欣鼓舞。他知道这完全是一种不合时宜的沙文主义的表现，但他的确更乐意与好看的女子一起工作。更令他感到鼓舞的是，索菲是土生土长的波尔多人。他读到的有关波尔多社会的一切，无不显示着这是一座错综复杂的迷宫：在长达几个世纪的时间里，这里充斥着家族的结合与瓦解、斗争与联盟，有一个当地人作为向导，无疑非常有助于了解它。

地板上高跟鞋的响声宣布了索菲的到来。她已为晚餐换装：一件让人感觉毫不做作的黑色小礼服，两串珍珠项链，厚实的黑色羊绒披肩，还有让人充满遐想的香味。萨姆整了整自己的领带。

“真高兴你穿了正装。”萨姆说。

索菲笑了。“在洛杉矶，人们出去吃晚餐一般都穿什么？”

“噢，五百美元的牛仔裤，蛇皮牛仔靴，阿玛尼的T恤，丝质外套，路易威登的棒球帽——你知道的，都是些粗野的乡村服装。但没有珍珠，真正的男人不会戴珍珠。”

索菲觉得最后一条信息好像印证了之前对他的印象。“我觉得你不是一个正经人。”

“我尽量不要那样，”萨姆承认道，“但我对于晚餐可是很认真的。我们去哪儿？需要叫一辆出租车吗？”

“我们可以走着去。就在街角那里——一个小馆子，但菜肴和酒水都很不错。”当他俩沿着街道向前走，索菲回过身仰头看着萨姆，“你喝酒吧？”

“当然。否则你认为我喝什么？低糖可乐？还是冰茶？”

索菲忽略了他的问题。“永远弄不懂美国人。”

萨姆第一眼就爱上了这个餐厅，它很隐蔽，比他在夏特蒙特酒店的起居室大不了多少，餐厅一侧是小型吧台，另外还有用镜子和装裱好的黑白肖像照装饰的墙壁、简朴的家具和厚厚的白色桌布。一位深色头发、笑盈盈的女士走上前来招呼他们，索菲向萨姆介绍说她是厨师的妻子戴尔芬，这两个女人相互亲吻了脸颊，可以看出索菲是这里的常客。戴尔芬带他们来到位于角落的桌子，她建议在他们点菜时来一杯香槟，然后匆匆去了厨房。

“这里就是为我度身打造的，”萨姆环顾着四周说道，“真有眼光。”他看着对面的墙壁点点头，“请告诉我，相片里的这些家伙都是谁？”

“他们都是酿酒师，厨师奥利威亚的朋友。你会在酒单上看见他们的成果。如果没有找到任何产自加利福尼亚州的酒，请别失望。”

戴尔芬拿着香槟和菜单回来了。

萨姆举起酒杯。“感谢你能提供帮助。这将使得我的工作顺利很多。”

索菲点点头：“你得跟我好好说说这个案子，但我们先点菜。”

她观察到萨姆首先开始看酒单。“你跟我的祖父一模一样。他也总是先挑美酒，再选佳肴。”

“明智的家伙。”萨姆一边说，一边把鼻子深深埋入酒单，“哦，今晚真是我的幸运之夜。看看我找到了什么——一瓶1985年的靓茨伯。我们怎能错失它？它产自你的故乡。”他朝索菲咧嘴笑着，“那么你的祖父会挑选什么食物佐酒呢？”

索菲合上了菜单。“毫无疑问，是鸭胸肉，要烤至粉红，或许再来点生蚝作为前菜，然后再来一杯香槟，如何？”

萨姆合上酒单，看着索菲。他的思绪回到了洛杉矶，那些与他共进晚餐的女孩，一般都会被任何多于两只鲜虾和一片生菜的菜肴吓到。能和一位热爱食物的女孩子共进晚餐真是太开心了。

戴尔芬为他们下单后旋即带着葡萄酒和醒酒器回来了。她给萨姆看了看酒以获得他的首肯，然后打开密封条，拔出软木塞——瓶塞特别长，颜色很深并且很湿润——用鼻子闻了闻，然后擦擦瓶颈将酒倒入醒酒器中。

“波尔多人怎么看待有螺旋盖的酒瓶？”尽管在操作上有优势，萨姆还是厌恶这种让美妙的酒瓶如此丧失尊严的主意。

索菲心里略微震动了下。“我知道。我们这儿有些人也这么干，但大部分人还是很传统的。我想或许相当长一段时间后我们也会把葡萄酒装进柠檬水瓶里。”

“真是个好消息。我想我对软木瓶塞是个假内行。”萨姆将手伸进口袋里，掏出一个便笺本，在上面他已做了一些记录。“我们能否在生蚝上桌前先谈点公事？我不清楚巴黎的同事告诉了你多少。”

当萨姆带着她快速回顾促使他决定来波尔多的盗窃案和之前他进

行的徒劳的背景调查时，索菲一直听得很专注。当萨姆准备提议接下来的行动安排时，生蚝端上来了——整整两打，散发着阵阵大海的味道，同时还有黑麦面包薄片和第二轮的香槟酒。

索菲从贝壳里取出一只生蚝放到嘴里，吞咽之前在口中停留片刻。然后她拿起贝壳，仰起头露出细长的脖子，吸出壳里的汁水。萨姆觉得这是一场让他魂不守舍的表演。

索菲察觉到自己被注视着。“你正盯着我看呢。”她说。

“我在欣赏你的技术。我从来做不到你那样，每次汁水都会流到下巴上。”

索菲将手伸向又一只生蚝。“十分简单，”她说，“吸汁水时你必须把嘴弄成这样。”她缩拢嘴唇，然后伸向前，直到形成一个“O”。“拿起贝壳，碰到你的下嘴唇，头向后仰，轻轻一吸，就像这样，汁水不会沾到下巴。你来试试。”

萨姆试了一次又一次，直到第四次索菲才判定他合格。这样带有教学性质的小插曲使得索菲更放松了，她也开始变得爱打听了，询问萨姆从哪儿了解到的有关波尔多的很多事情，让他在第一眼看见酒单时就能识别出精华所在。从这个话题起，他们的谈话继续着，等到鸭肉上来的时候两人都已非常轻松自在。

萨姆开始了品尝美酒的流程，并且清楚知道专家正盯着他。他举起酒杯对着灯光，观察其色泽，之后轻轻晃着酒杯，嗅了嗅——一次，两次，三次，然后抿了一口，吞咽之前回味了几秒钟。萨姆用指头轻轻叩了几下酒杯边缘，看向索菲。

“杯中之诗，”他说，同时压低嗓音，做出恭敬的姿态，“醇厚而优雅，略带铅笔刨花的香味——这是什么？容我猜测，可是些微的烟草味？完美的构成，回味悠长。”他恢复了平时的嗓音，“目前为止，表现如何？”

“不错，”索菲说，“比你对付生蚝时表现得好多了。”

他们不紧不慢地边吃边喝，索菲告诉萨姆一个她最喜欢的关于葡萄酒的故事偏巧发生在美国的餐厅里。一位顾客点了一瓶 1982 年标价六千美元的柏图斯，带着敬意与满足喝完了它。然后那位客人又要了第二瓶，还是六千美元，但是这一瓶尝起来味道与第一瓶不同，而且是明显不同，就被退了回去。餐厅老板为了表示歉意，奉上了第三瓶 1982 年的柏图斯，令人欣慰的是，这瓶与第一瓶一样好。

晚餐结束后，困惑的餐厅老板带着三瓶葡萄酒去找专家鉴定，以确定第二瓶酒的问题所在，结果发现与另外两瓶不同的是它是货真价实的。

“我知道你为什么喜欢这个故事了。”萨姆说，“因为它说明了在葡萄酒认知方面美国人有多愚钝。”他朝索菲比画了下手指，“送你两个单词：罗伯特·帕克。”

萨姆的话还没说完，索菲摇摇头说：“不，不，完全不是。这在法国也完全有可能发生。你要知道这里在盲品葡萄酒时，品酒师有时也会错将室温下的白葡萄酒当作红葡萄酒。这是一个好故事，是因为它说明了一个道理，”她拿起酒杯，握在双手间，“世界上没有完美的味觉。”

萨姆没有被说服，但随它去吧。他看见瓶里还有几杯酒的剩余量，觉得应该物尽其用。“那么，专家，您觉得再来一点奶酪如何？”

索菲边笑边把身体往前靠了靠，“我可以告诉你一个词，”她朝他摇了摇手指，“卡芒贝尔奶酪。”

卡芒贝尔是一种精致而微咸的奶酪，被公认为终结晚餐的首选。

当晚餐结束他们要分开时，萨姆发现自己正目送着索菲远去，心想她真是一个外形姣好的女人。那天夜里，萨姆梦见自己教伊莲娜在法国如何吃生蚝。

与萨姆的初次见面给索菲留下了美好的印象。他是个好伙伴，似乎对葡萄酒很了解，而且他微醺的样子也颇为迷人，还有他那完美的美国人的牙齿。或许，此次任务不会那么无聊。

第九章　维尔勒先生

两次或许是巧合，但三次绝对不会是。

对萨姆而言，接下来的两天是愉快、有所收获但挫败感不断增强的。多亏了索菲良好的人脉，他们得以进入所有的酒庄，包括那些不欢迎外来访客的庄园。也要多谢索菲本人，因为她，那些地产经理和酒窖主人才纷纷出手相助。一个接一个的酒庄——从规模宏大的拉菲庄园到小型的柏图斯庄园——他们两个作为调查员都被亲切款待。他们的故事被耐心聆听，他们的问题都得到详尽回答，他们甚至还被赠予稀少的花蜜。但萨姆也承认，这些拜访，除了能加深他对葡萄酒的认识外，对案件调查没有任何帮助。这是一份令人气馁的列表：两天、六个酒庄、六条死胡同。

第二天晚上，萨姆和索菲都觉得疲惫沮丧，决定到酒店的酒吧寻找慰藉，他们点了香槟——一种永不失效的恢复剂。

“嗯，我猜结果会是这样。”萨姆说着举起酒杯，“抱歉浪费了你许多时间，非常感谢你能帮忙。你真的很棒。”

索菲耸耸肩。“至少回去后你可以告诉洛杉矶的人你见识了不少有名的酒庄。”说着朝萨姆笑笑，“我们这儿是纳帕谷的缩小版。”

索菲的手机铃声响了。她看了看，做了个苦脸，叹了口气，放下了手里的香槟。“是我的律师。对不起。”她起身走开接起了电话。

之前在法国，萨姆就注意到这个现象了，但就是判断不了这是出于礼貌还是防止别人窃听。总之无论任何时候，法国人都尽量避免自己在接听电话时骚扰到别人，他们喜欢找一个私密的角落去接。这是一个有教养的习惯，萨姆真希望他的同胞也能如此。

在萨姆等待索菲结束通话之时，他浏览着之前拜访酒庄时做的笔记。在每一个庄园，他们都询问过谁是常客，谁是拥有正儿八经可以贮藏葡萄酒的酒窖的老主顾。对于大部分问题，他们给出的答案都不出所料：杜卡斯家族、博古斯、泰拉文、法国爱丽舍宫、银塔餐厅、一两个私人银行、六个亿万富翁（当然名字不予透露）。也就是说，都是一些通常会想到的名字。

萨姆坐着，盯着他的笔记，突然有一个疑问闪现，是他们从未想过的问题。当索菲接完电话回来的时候，他还在暗自责怪自己。

他把身体前倾，看上去十分欣喜，好像一只小狗刚挖出一根之前遗忘的骨头。“你了解法国的那些侦探老电影吗？”

索菲看起来一脸茫然。

“你知道，当侦探想起一些他忽略的东西时会怎么样吗？”

索菲还是毫无反应。

“现在是揭晓谜底的时刻——他会用手掌拍自己的额头。”萨姆同时用动作演示着。“该死！”他说，“就是这样！”此时，他露出灿烂的笑容。

“该死？”索菲说，“什么该死？用手掌拍额头又是怎么回事？你还好吧？”

“不好意思。是的，我很好。但就是突然想到或许我们一直问错了问题。也许我们应该问是否有谁想要购买那些特定年份的葡萄酒，但失望而归，因为它们都已被售出了。或者是否有一个极度充满渴望的买家，比如像想要在自己的酒窖里装满一百五十个年份的拉图而企图不惜任何代价收集到整个系列的家伙。那样他就有动机，不是吗？”他的脸上出现一个充满希望的问号。

索菲噘着嘴缓缓点了点头。“这是有可能的，”她说，“但无论怎样，我们也没有别的办法了。”此外，她觉得这比正襟危坐处理酿酒师因严寒造成的损失而向保险公司索赔有意思得多。“那么接下来你想干什么？我们再去一次酒庄？我觉得这比打电话要好。”

“明天一大早我们再去拜访一次酒庄。”

索菲看了看手表，皱了皱眉，而后拿起手袋。“我开会要迟到了，我的律师可是以分钟计费的。那么，明天——十点我来找你？”

“那是一大早吗？”

“萨姆，这是在法国。”

萨姆早早地就醒来了。昨晚他还略有疑虑，担心又要拖累索菲一天，而结果可能还是毫无头绪。但睡眠使他恢复了乐观的心态，而且天气很好，阳光闪耀。好征兆！萨姆决定外出去吃早餐，他找到一个大剧院对面热闹的咖啡厅，坐下来要了一杯奶泡咖啡，一边看着《国际先驱论坛报》。

萨姆瞥了一眼标题，发现看报纸对提升早晨的心情毫无帮助。全世界发生的事件一如往常——南加利福尼亚州又发生了森林火灾，华盛顿的政坛人物毫无意义的口水战，在中国不断加剧的雾霾污染，中东的动荡不安，俄罗斯的慷慨激昂，欧洲的恐慌与消沉，还有华尔街的阴暗沮丧。夹杂在这些不幸中的是手表和包袋的广告，一个比一个浮夸，似乎在提醒人们无论有多坏的消息，人类想要消费的本能欲望都永远不会被压制。

萨姆把报纸放在一边，环顾四周，他发现其他的顾客看上去都兴致勃勃。吃着奶油果酱面包片，喝着咖啡，早晨他们清新的面容上还未被烙印上接下来一天的困苦，他们似乎还没意识到，根据早上的新闻推断，这个世界可能会在午餐前迎来末日。

萨姆又点了份奶酪，然后草草记下他想要寻找的葡萄酒名称及其年份：1953 年的拉菲、1961 年的拉图、1970 年的柏图斯、1975 年的依坤、1982 年的飞卓，以及 1983 年的玛歌。这阵容！萨姆不禁觉得这些宝藏落到丹尼·罗斯的手里简直就是暴殄天物。对丹尼·罗斯而言，这些只不过是象征身份的瓶子，甚至还不能充分显示他的身份，因为它们不能都挂到墙上供大家瞻仰。萨姆想知道如果丢失的葡萄酒一直没有下落，丹尼拿到保险金会干什么呢？

萨姆的沉思被手机铃声打断了，是索菲打来说，还不到十点，她就已经去酒店了。说好的一大早，但他在哪儿呢？加利福尼亚州人通常都睡到这么晚吗？

萨姆匆忙赶回酒店，在大堂找到了她。索菲看上去神采奕奕，她微笑着抬起手臂，轻轻敲了下手腕上的手表，为自己比萨姆早到感到开心。今天早上她穿的衣服好像是刚刚骑马回来还没来得及换下的——裤脚塞进软皮靴里的紧身骑士裤，粗花呢的骑士夹克衫，脖子上系着有精致的马蹄图案（无疑是爱马仕）的丝巾——十分别致的骑士范儿。萨姆想知道当他用欣赏的眼光上下打量她的时候，是否应该发出马的嘶叫声。这是你在加州不会经常见到的装束。

“非常出众的打扮，”萨姆说，“可惜你忘了马刺。非常抱歉，让你久等了，今天是否感觉不错？”

“当然了，”索菲说，“非常乐观。我们今天一定会有所发现。等着瞧。”他们走向车子时索菲轻快地挽着萨姆的手臂，“要不我们先从拉菲开始？”

从波尔多开车去梅多克的途中，索菲说出了今天她之所以兴致勃勃的原因。之前的那个晚上，与萨姆告别后她约见了自己的律师，律师告诉索菲她与前夫长达三年的纠纷终于得到解决了，不久她就可以再次结婚。夫妻双方对条款达成了共识：前夫将继续拥有船只，因其在法属圣巴特岛经营租船业务；索菲则获得位于波尔多的公寓。或许以后他们再次见面将仍是朋友，或许不相往来。他从一开始就是个麻烦，索菲说，总是在船上四处漂泊，还勾搭上一些不三不四的女孩。

“嗯，”萨姆说，“听上去是和我志同道合的家伙。”

索菲笑了：“你也喜欢船？”

“我更爱姑娘。和女孩们在一起我可不晕船。”

索菲选了一条横贯清静平坦的郊野的道路，沿途有排成直线的葡萄树延伸至地平线。两边都是酒庄：巴顿、拉图、碧尚女爵堡、靓茨伯，以及宝得根等。萨姆觉得他们正置身于顶级葡萄酒的世界中。

“你去过加利福尼亚州的葡萄酒之乡吗？”

“纳帕谷和索诺玛？没有，从未去过。或许有一天会去吧。和这儿一样吗？”

萨姆想到了干燥的褐色的山丘、庞大而现代化的酿酒厂和它们的礼品店，还有满载着游客的汽车。

“不太一样。但那里有些葡萄酒的确不错。”

“你知道为什么吗？”索菲没有给萨姆回答的机会，“因为现在有很多法国人在你们那儿酿酒。”她朝他咧嘴笑了下，“我是十足的沙文主义者，对我来说，法国的葡萄酒才是最棒的。”

“你试试跟意大利人也这么说。”

“意大利出产的是衣服和鞋子，还有一种很好的奶酪。他们的葡萄酒嘛……”索菲撇撇嘴，轻蔑地摆了下手。似乎没有讨论的必要。又一次获胜，萨姆想，这都是出于法国人的优越感。

离开了身后的波亚克中心地带，现在他们能看见拉菲酒庄了，它矗立在低矮的山坡上，离道路还有很远一段距离。索菲停下了路虎揽胜，转向萨姆。“目前只有一个问题，是吗？过去几年中有谁曾想收购 1953 年的酒，结果却失望而归？”

“对，就是这个。”萨姆说，“我们的希望所在。”

当这一天即将过去，清单上的头两个酒庄已经被打上了叉，对萨姆来说，两天前的沮丧似乎又将再现。一遍遍地询问，一次次地紧锁眉头、耸起双肩，但是回应都是否定的，没有关于那位满怀期待却失望而归的购买者的任何回忆。

在第三站，他们似乎开始转运。一位地产经理——波亚克本地人，也是索菲家族的朋友——回忆起前年秋天有位拜访者指明要寻找特定年份的酒，那是一位相当固执的先生，更确切地说，他拒绝任何否定的回答。他留下了名片，以备那些酒出现时，可以联系到他。地产经理挠了挠头，在他的桌子的抽屉里摸出一个相当古旧的雪茄盒，里面装着一些名片。他笨拙地把名片倒在桌子上——里面有来自英美的客户、世界各地报道葡萄酒的记者、古怪的大厨、造酒桶的人和品酒师——把它们摊满桌子，就好像是一个令人叹为观止的各种精美印刷品的展览。

地产经理的手指一一掠过那些卡片，突然停了下来。“这可不就是，”他边说边从名片里挑出一张来，“倔强先生。”

索菲和萨姆靠上前去，名片上写着：

弗洛里安·维尔勒

酒窖管理师

马赛市法罗宫勒布耳集团　13007

第四天，在开往下一个酒窖的途中，萨姆问索菲是否了解勒布耳集团，是否听说过，它是不是葡萄酒批发商。

索菲笑了。“法国人都知道勒布耳集团。它到处都有分布，涉猎甚广。”她皱了皱眉，“但不包括葡萄酒。我从来没听说过勒布耳做葡萄酒交易。稍后我会跟你详细谈论他的，但也别太激动，这可能只是个偶然。”

但或许不仅仅是偶然，因为在飞卓酒庄和玛歌酒庄，他们都发现这位维尔勒先生曾经到访过酒庄，是为了找 1982 年的飞卓和 1983 年的玛歌，他给酒庄也都留下了名片。萨姆对索菲说："两次或许是巧合，但三次绝对不会是。告诉我有关勒布耳的一切，我请你吃晚餐。"

第十章　美妙的牛肾脏

萨姆睁开眼，看到盘子中间是火山状的土豆泥，顶部的凹陷处浇满肉汁，冒出一缕缕散发出扑鼻浓香的热气，土豆泥外围是四颗深棕色饱满的肾脏，每一颗差不多都是高尔夫球那么大。

萨姆自认为是一个美食探险家，对摆在面前的任何东西几乎都来者不拒，不论是蜗牛、青蛙腿、鲨鱼鱼翅汤、裹着巧克力的蚂蚁还是土焙松鼠，他都尝试过。即使偶尔不合他的口味，也依然兴致盎然。但一碰上内脏，譬如肠子和胃，他就勇气尽失，甚至一提到这些东西，就浑身一阵哆嗦。有些人从不尝试某种事物是因为他确定他不会喜欢，萨姆就是这类人中的典型。他已经记不清有多少年他都会设法避开那些有内脏的菜了。然而，这种情况即将改变。

索菲坚持要回戴尔芬的餐厅用餐，去餐厅的路上，索菲告诉了萨姆她坚持回去的原因。当天是星期四，每个星期四奥利威亚主厨都会准备他的拿手菜——牛肾脏：用波特酒烹饪，再配上细腻松软的土豆泥，香味几乎就要飘出盘子飘到你的口中了。毫无疑问，这是索菲最爱的一道料理。她开始幻想享用这道菜时的美妙感觉，却发现萨姆并没有热情地回应这道美食，甚至还露出一丝沮丧的表情。

索菲停下来，转向萨姆。“啊，我忘了。美国人是不吃肾脏的，是吗？”

索菲饶有兴味地看着萨姆，他深吸一口气，说道：“我们的确不热衷，我猜我们对食用内脏有心理障碍，我从不尝试。”

“内脏？”

“是的，就是那些内部器官：胃、肝、肺、胰脏、杂碎……”

“还有肾脏。”索菲一脸遗憾地看着萨姆。一个人要是不尝尝这个，真是枉过一生啊！索菲用食指重重地叩了下他的肩膀，“我和你做个交易，尝尝它们，如果你不喜欢，可以吃牛排薯条，我来埋单。相信我吧。”

坐好后，萨姆起身去拿酒单，索菲的食指突然又伸出来，前后摇摆，像一个剧烈摆动的节拍器。她说：“不，萨姆，你怎么能为自己从来没有尝过的东西来搭配酒呢？”

萨姆放下酒单，坐回位子上。索菲轻咬着下嘴唇，专注地研究着酒单。萨姆想知道索菲是否会做菜，如果她做得一手好菜，她做菜的时候会穿什么。煎蛋卷的时候围丝绸头巾？做甜点的时候佩戴珍珠？有没有爱马仕的围裙？此时戴尔芬端来两杯香槟，萨姆的思绪被打断了。两个女人小声地讨论了片刻，最后点头会意，相视一笑。

“好，”索菲说，“先是薄饼配鱼子酱，然后是牛肾脏，配以优质的庞美洛葡萄酒，2002年的，产于乐王吉酒庄。你觉得可以吗？”

“我从来不跟了解自己肾脏的漂亮女人争辩。”

他们碰了碰杯，索菲开始告诉萨姆她所知道的关于勒布耳集团的一切。

她说，英国人有布兰森，意大利人有贝卢斯科尼，法国人则有弗朗西斯·勒布耳。在过去的四十年里，都是他的朋友以及那些忠诚的记者在一直记录着他的商业成就。他已然成了一位国内知名人士，或者按照某些人的说法，他是国宝，一个引人注目的名人，一个完美的马赛男孩，他在享受成功的每一秒。他热衷于出现在公众面前，事实上，评论家说要是哪家报社没有披露他领带的颜色和他的一身行头，他每天早上甚至都没法穿衣。当然，这使他深受媒体喜爱，他就是会行走的谈资，永远是最好的新闻素材。

索菲说，勒布耳一直在做各种交易。这些年来他创建的商业帝国涉及建筑、地方性报纸、无线电台、足球队、水处理厂、交通运输、电子等行业，他似乎涉猎了每个领域。

薄饼来了，索菲停止介绍。

“葡萄酒呢？”萨姆问，“他有没有一两个酒庄？”

“我不清楚，至少在这儿没有。”索菲吃了一大口薄饼，闭上眼睛细细品尝，“嗯，真好吃！但愿你会喜欢鱼子酱。萨姆？”

“喜欢，难道不是每个人都喜欢鱼子酱吗？”

“不是。有一些奇怪的人不喜欢吃鱼的内脏。”索菲甜甜一笑，往嘴里送进更多薄饼。

萨姆举起双手做投降状。“好，好，我喜欢鱼内脏。继续说勒布耳吧。”

索菲在她的记忆中搜寻有关勒布耳的琐碎信息，那些都是她从报纸和电视上得知的。他住在马赛的一座宫殿里。他热衷于法国以及和法国有关的东西（但他对巴黎缺乏信心，就像每个马赛的良民那样），这已经不是秘密了，他时常公开声称。他甚至为法国税收做出了最大贡献，每年四月他都会召开新闻发布会来告诉世界他为国民经济做了多么大的贡献。他喜欢年轻女性，这些年轻女性时常和他一起出现在名人杂志上，通常被宽容的报纸说成是他的侄女。他有两艘游艇，一艘夏天用，在圣特罗佩；另一艘冬天用，在塞舌尔。当然，他还有一架私人飞机。

“这就是我知道的一切了。”索菲说，“如果你还想知道更多，可以问我的理发师。她是勒布耳的头号粉丝，她觉得他应该当总统。”索菲的视线越过萨姆的肩膀看着前面，“闭上眼，萨姆，肾脏来啦。”

萨姆闭上了眼睛，然而他的鼻子告诉他肾脏已经放到了他面前。他低下头，闻到了肾脏的香味，比平常任何肉食的味道都要浓烈，温热而又浓郁，让人食欲大增。也许他对内脏的味道有偏见。萨姆睁开眼，看到盘子中间是火山状的土豆泥，顶部的凹陷处浇满肉汁，冒出一缕缕散发出扑鼻浓香的热气，土豆泥外围是四颗深棕色饱满的肾脏，每一颗差不多都是高尔夫球那么大。

索菲起身，微倾身体，给萨姆的盘子里加了一小团芥末。“不要加太多芥末，否则味道会和酒味相冲。祝你有个好胃口。”她坐回去，看着萨姆吃了第一口。

萨姆咀嚼了一会儿然后咽下，沉思片刻后咧开嘴笑了。“你知道的，我总是说在一天的辛勤工作后，没有什么比波特酒烹饪的肾脏更深得我心啊。”萨姆吮吸着指尖说：“太美妙了！”

肾脏和优质庞美洛葡萄酒简直是绝配，当萨姆和索菲吃完最后一块面包，蘸完最后一口肉汁，他们的心情变得欢快而乐观。勒布耳的线索变得有趣起来，即使仍旧一无所获，但至少为他们提供了一个可以一起工作的机会。

萨姆说："按你跟我说的，他有很多钱，多到他自己都不知道该怎么花。而且他有一点古怪，就是对法国的一切东西都着迷。我们不知道他对葡萄酒是不是上心，我猜要是有人帮他管理酒窖的话，他一定也涉足了。他和美国有联系吗？除了女孩和游艇，他还收集其他东西吗？我想知道更多关于他的事。"

"要是这样的话，"索菲说，"你该见见我的表哥。"她点点头，拿起眼镜，"是的，我的表哥菲利普。他住在马赛，为《普罗旺斯报》工作，那是当地最权威的报纸。他是一个资深记者，应该会很了解勒布耳，而且要是有他不知道的，他也能够查出来。你会喜欢他的，他有一点疯狂。他们都在马赛，他被称为'疯子'。"

"听上去棒极了，正是我们需要的。我们什么时候去？"

"我们？"

萨姆隔着桌子靠过来，他表情严肃，郑重地说："你不能让我一个人去。马赛是个大城市，我会迷路的，而且也没有人陪我喝普罗旺斯鱼汤。还有，诺克斯的人还要靠你来理清每一条线索，虽然这意味着得去法国南部。就像我们在保险业常说的一句话，这是个讨人厌的工作，但总得有人来做。"

索菲一边摇头一边笑："你是不是都是这样说服女人来帮你做事的？"

"不常这样做，但我会不停尝试。来点卡芒贝尔奶酪？戴尔芬可是一直把它们存放在酒窖里。"

"同意。"

他们喝完酒和咖啡还有戴尔芬强加给他们的苹果白兰地后，准备向马赛进发。

萨姆整理完行李，正打算伴着美国有线电视新闻网的节目入睡，电话突然响了。

“列维特先生，下午好。今天过得怎么样？”女孩的声音温暖自信，还带点加利福尼亚州口音，“我是伊莲娜·莫里斯。”

萨姆忍住哈欠。“伊莲娜，你知道这儿现在几点了吗？”

“萨姆，别生气，罗斯一直在给我施加压力。一如往常，他到办公室大吵大闹了一小时，律师、媒体还有他的州长朋友都在，要是再待久一点，我觉得就要闹到最高法院去了。换句话说，他想知道到底发生了什么，然后要回他的钱，他还要了你的号码。但是我告诉他联系不上你。”

“好姑娘。”

“他还会回来的，我应该告诉他些什么？你那边有进展吗？”

萨姆听到这些，感到绝望。丹尼·罗斯全力吼叫、唾沫纷飞、到处散播威吓，这些足以挑战一个圣人的耐心了。是时候给他一个他希望听到的合理谎言了。

“听着，”他说，“告诉罗斯我正在跟波尔多当局协商，我对在未来几天内取得突破性进展满怀信心。但是，这些谈判很微妙，并且异常敏感，这涉及波尔多的名声，这点非常重要。无论在什么地方，任何一种公开宣传都会把一切毁了的。所以，不要惊动律师、媒体和州长。明白了吗？”

萨姆似乎听到了伊莲娜的大脑在电话那头缓慢运转的声音。“萨姆，到底发生什么事了？”

“出现了一些目前尚不能判定是否重要的线索，所以我们打算去马赛一查究竟。”

“我们？”

萨姆叹了口气，今晚他已经第二次被问到这个问题了。“考斯特女士跟我一起去，她在马赛有熟人，或许会有帮助。”

“她长相如何？”

“考斯特女士？哦，相貌平平，有点胖，五十岁，你知道的。”

“噢，这样，是个女人。”

“晚安，伊莲娜。”

“晚安，萨姆。”

第十一章　相聚在马赛

“我们还需要去看他的酒窖。”

“啊。这样说来，你必须得有一个非常精彩的故事了。”

萨姆从未去过马赛，但他看过《霹雳神探》，还读过一两篇旅行作家写的关于那里的扣人心弦的文章，他觉得他知道等待他的是什么。那儿会有一些邪恶势力，毫无疑问是受过训练的黑社会成员，他们会潜伏在每个街角。比利时码头的鱼市会成为某些货物交换的渠道，通常情况下不会出现在鱼的身体里的一些东西：塞满海洛因的黑鲈，用可卡因做装饰的石斑鱼。各种扒手和流氓频繁出没，偷抢疏忽大意的游客的相机、钱包或手提包。无论从哪个方面来说，都验证了萨默塞特·毛姆对蔚蓝海岸的总结——“阳光的海岸，阴暗的人群”，这听上去很有趣。

索菲在几年前就来过这个城市，她和萨姆的想法差不多。与波尔多的井井有条和彬彬有礼相比，她记忆中的马赛是脏乱拥挤的迷宫，充满刺耳的噪音，经常看到面露凶相的男男女女。她过去常常用“声名狼藉”这个词来形容这个城市以及当地的居民，就像这个词在字典中的解释一样——“诡诈的、可疑的、名声不大好的、模棱两可的”。她很诧异她的表哥菲利普居然可以住在这样一个地方，并且过得很开心，但其实就像她告诉萨姆的，她总觉得她的表哥也有一点点“靠不住”。

当天下午他们到达马里尼亚讷机场，展现在眼前的是极其耀眼的阳光和与高卢地区一样湛蓝的天空，还有一个和蔼可亲的出租车司机搭载他们去酒店，那些阴暗的想法随即就烟消云散了。司机告诉他们，他之前在旅游局上班，现在丢了工作。按他的说法，马赛是宇宙的中心，而巴黎只是地图上的一颗小粉刺。马赛有二千六百多年的历史，是有丰富的历史、传统和文化的宝藏。马赛的饭店解释了上帝为什么创造鱼，马赛人是最为慷慨和热心肠的，大家都希望能遇见这样的人。

尽管索菲似笑非笑的表情和上挑的眉毛表明她并没有完全相信，但是她毫无异议地接受了这个观点。她找了个空当深吸一口气，询问司机他是怎么看弗朗西斯・勒布耳的。

“啊，马赛的王！”司机的语气显露出尊敬，“这个人应当管理国家，除了他的万贯家财，他本人更是人民中的一员。想象一下，这样的一个人，他竟然会和他的司机一块儿玩滚木球。他其实可以住在世界上的任何地方，而他选择了哪儿呢？不是巴黎，不是蒙特卡洛，也不是瑞士，而是这里，他选择住在马赛的法罗宫。透过窗户，他可以看到全世界最美的景色：老港、地中海、伊夫堡、宏伟的守护圣母圣殿……多好啊！”

司机踩住刹车，开始倒退行驶，穿梭在迎面而来的车流和此起彼伏的喇叭声中，直到他拐进了一条通往酒店的车道上，出租车司机因为抄近道而向别人道了歉。他放下萨姆和索菲，把名片递给索菲，笑着感谢萨姆给的小费，最后祝愿他们在马赛有一次难忘的旅行。

索菲听了她表哥的建议，在老港的索菲特酒店，预订了房间。这是一个现代酒店，在那儿能看见 12 世纪的圣让堡，它曾用来抵御海盗以及航海的巴黎人。萨姆上楼到了房间里，推开窗户，走到阳台上，深吸了一口海风。还不赖，他向下扫了一眼这个城市，应该是相当不错。马赛的春天已经早早来到，由水面反射出的阳光似乎打磨了天空，让天空变得闪闪发光。海港边数百只小船的桅杆形成了一片漂浮着的森林。海平面上，可以看到伊夫堡的轮廓，平卧着，轮廓鲜明、一览无余。萨姆忽然想知道勒布耳看到的景色是不是比这更美。

萨姆下楼到大厅和索菲碰头，发现她正来回踱步，手机放在耳边。打完电话后，她走过来，看了看表。

“是菲利普，”她说，“他提议我们半小时之内碰面，一起去喝酒。”

“在马赛大家的一天开始得很早啊！他在来的路上了吗？”

索菲叹了一口气，摇摇头。“菲利普可不简单。他想带我们去一个小酒吧，从没有游客去过的。酒吧在篓筐老城，他说从这儿走过去，一路上是典型的具有马赛风情的景色，非常不错，准备好了吗？”

他们到前台拿了一张地图，朝着老港的方向往山下走。索菲说她对篓筐老城几乎不了解，只知道篓筐老城是马赛最古老的地方，曾经是渔民、科西嘉人和意大利人的故乡。第二次世界大战期间，那里成为犹太人和那些努力逃脱纳粹迫害的人的藏身地和避难所。出于报复，纳粹在 1943 年清理了这个地方，炸毁了那里的大片区域。

“菲利普知道很多那个时期的故事，”索菲说，“战争过后，重建了街区，我觉得不是很漂亮，现在住在那儿的居民大部分是阿拉伯人。”

他们在老港的尾端穿过码头，通过了一条有很多游客和学生的道路，人们都在那儿等待到伊夫堡的摆渡船。坐成一排的老人，眨着眼睛看着周围的女孩们，像是太阳下栖息在矮墙上的蜥蜴。几只狗嗅着早上曾是鱼市的区域。婴儿们在婴儿车内呼吸着新鲜空气，他们的妈妈在一边聊着天。这俨然是一派祥和宁静的景象，萨姆觉得有些失望。

“在我看来，这里似乎没有那么危险，”萨姆说，“那些所谓的抢匪呢？难道他们星期五不工作吗？到现在我的钱包都没有被偷，你的手袋也还在，而我们身处马赛已近一小时了。这些家伙的表现大不如从前了。”

索菲轻轻拍了下他的肩膀。“别担心。我们可以问问菲利普，他可以告诉你到哪儿去找一个称职的——就像你说的——抢匪。”她停下来查找地图，“我们需要找到一个上升的斜坡，就在教堂前方。快来看，这很有意思。离我们最近的地方就是勒布耳的宫殿。”她指向地图上的法罗宫，那里离酒店只有几百米。

他俩离开港口边微风吹过的空旷广场后，天气完全变了个样，太阳不见了。斜坡陡峭、阴郁而狭窄，几乎只能容纳一辆车通过。在阳光下或许还会残存一丝古老建筑的魅力，现在只剩下死气沉沉。唯一有生气的是空气中飘荡着的烹饪食物时散发出的辛辣味，以及从他们经过的房屋的窗户里传出的北非流行音乐的哀号。他们向左拐进了一条小巷。

“我想酒吧就在这条街的尽头，”索菲说，“在一个无名的小广场。我不知道菲利普是怎么找到这些地方的。”

“这些狡猾的家伙总是知道最好的地方。但公平点说，如你所说，他是为了让我们见识下典型的马赛。”

索菲噘起嘴发出一些声响。用噘起的双唇爆发出带有轻蔑意味的气流，这是法国人的典型行为，也是萨姆无数次企图模仿的一种方式，但很少能成功。某种程度上，他噘起嘴后发出的声音听上去更像是由于胀气而非鄙夷。他得出的结论是只有法国人的嘴唇才能做到。

他们继续前行，走到小巷的尽头，来到一个小广场。广场中央有一棵虽小但非常顽强的法国梧桐，虽然紧贴钢筋水泥地，它还是成功生存了下来。角落处的一间房子的窗户被用白漆胡乱涂鸦的鼓舞人心的足球标语覆盖着——“法国加油！”“进球！”——那里就是酒吧。门口褪色的字母表明它叫运动酒吧，门外停着一辆落满灰尘的法国标致生产的小型黑色摩托。

萨姆推开门，随即香烟的浓雾开始弥漫到外面清新的空气中。屋内的谈话戛然而止，一群看上去饱经风霜的男人停下纸牌游戏，抬起头来，另外两人在吧台那儿盯着他俩。屋里唯一露出笑容的是一个身体结实、有深色头发的家伙——一个虎背熊腰的男人——他坐在角落处的一张桌子旁。他站起身来，张开双臂，冲向索菲。“啊，我的小表妹。”他极为热情地亲吻了两下索菲的双颊，“终于在马赛见面了。欢迎欢迎！”然后他注意到了萨姆，转换了语言，“你肯定就是来自美国的萨姆吧。”他抓住萨姆的手，用力地上下摇晃着，“欢迎来到马赛。喝点什么？”他靠得很近，低声说：“只和你才说实话，如果你想活着度过一整天的话，我还是不点这家的招牌酒了。或者法国茴香酒？啤酒？还是这里很棒的科西嘉威士忌。请坐请坐。”

萨姆环顾了下四周，这里的装饰布置曾经或许很不错，现在都很陈旧：地板上大部分的方格瓷砖已经磨损，露出了混凝土；洁白的天花板已被尼古丁熏染成棕黄色；桌椅则散发着历经岁月的光泽。但或许它有其隐秘的价值。

“不错的地儿，”萨姆说，“他们会在这儿举办婚礼吗？”

“只举办葬礼，”菲利普笑了，“除此之外，还挺安静的。这里非常隐蔽，我常在这儿和那些不想被撞见与媒体聊天的当地政要会面。”

“他们没有电话吗？”

菲利普用舌头发出“嗒”的一声。“电话会被窃听。你生活在美国，应该懂的。”他转过头，冲着吧台方向喊道：“米米妮，在吗？我们快要渴死了。”

“马上，就来。”米米妮的声音是悦耳清脆的女中音，从吧台后的木珠帘子后传出，紧跟着本人就出现了。她的外形让人印象深刻：高跟鞋的鞋跟高度超过六英寸，卷曲蓬松的红色头发被画着深色眼线的眼睛映衬得格外闪亮，硕大的金耳环，着实壮观的胸部——大部分袒露在外，余下的挣扎着要从橘色背心里逃离出来——这上衣明显小了两个尺寸。她站在桌旁，手放在臀部，眼睛紧盯着萨姆，她朝萨姆点了点头，紧接着跟菲利普聊开了——用类似法语的含糊的口音飞快地向外蹦字，以一声爆裂的喉音结束。菲利普哈哈大笑，索菲的脸红了，萨姆听不懂米米妮在说什么。

“米米妮喜欢你的长相，”菲利普说，继续笑着，“我不会告诉你她的提议，但不用担心，只要你和我在一起，绝对安全。”

他们点了菜，米米妮花了比平常多得多的时间，俯身把茴香酒放到萨姆面前。这是他生平头一次被频送秋波。有点奇怪，但也不至于令人不快。

“好了，菲利普，”索菲说，“快别笑了。这种愚蠢的行为到此为止吧。萨姆会告诉你我们来马赛的原因。”

从发生在洛杉矶的那起盗窃案开始，到在波尔多找到弗洛里安·维尔勒的名片，萨姆复述了每一个他认为菲利普需要知道的细节。这个大个子聚精会神地听着，偶尔发问，时不时做着笔记。萨姆讲述完后，菲利普沉默了几分钟，用他的笔轻轻敲着笔记本。

“很好。我可以给你提供我们知道的有关勒布耳的一切信息，内容很多。但还不够，是吗？”

萨姆摇了摇头。“我们要见他。”

“如果他在马赛的话，没问题。他从不拒绝任何采访。当然，你必须得有一个好故事。”

“我们还需要去看他的酒窖。”

“啊。这样说来，你必须得有一个非常精彩的故事了。”菲利普笑了，再次用笔敲着笔记本，“说到故事，或许对我来说有用。”他耸了下肩，“世事难料。”

“什么意思？”

“一则独家报道，我亲爱的萨姆。是不是这个词？比如说你的调查挖掘出了一些有意思的事——有马赛的富豪卷入其中的丑闻，这必将是头版新闻，我可不想和别的记者共享。明白吗？”

“别担心，菲利普，这个事情将只有我们几个知道。你帮了我们，作为回报，会让你拿到独家报道。”萨姆将手伸到桌子对面，“成交！”

两个男人握了握手，然后菲利普站起身来。“我要回办公室开始整理关于勒布耳的资料了。你们继续待在这儿吗？”他朝萨姆使了个眼色，“我保证米米妮会好好关照你。”

“请原谅我表哥，”索菲站起身摇了摇头，“有时候我真想不明白我们怎么会有血缘关系。”

在酒吧外，菲利普打开小摩托上的挂锁，坐到车座上。“这是唯一可以在马赛到处逛的方式。”他边说边踩下油门，“我的孩子们，再会！”菲利普挥舞着手，骑着摩托沿着小巷咯噔咯噔地开远了，他那邋遢的庞大身躯与两个小型的车轮相映成趣。

第十二章　密谋

他们正要转身离开，迎面一束手电筒的强光照在他们脸上，一名保安带着一条德国牧羊犬出现在夜色中。

“所以现在我们需要的，”萨姆说，“就是一个封面故事，一个能让我们停留在勒布耳酒窖里的时间尽可能拉长的故事，好让我们看清楚里面到底有些什么。他有很多酒，所以肯定得用几个小时或者更久。我们需要做笔记，或许还需要拍些照片。哦，它还必须是一个不能很快就被核实的故事。”他朝侍者点点头，示意打开酒瓶。“不是件容易事。你有什么创意吗？”

萨姆和索菲决定还是在酒店的餐厅里吃饭，那里供应当地的活鱼和卡西斯的白葡萄酒，还有可以观赏老港日落的前排位置。因为时间还早，除了有一桌生意人带着公文包在为一场节日晚宴做策划外，他俩拥有了整个餐厅。

“我一直在想，”索菲说，“如果菲利普所言不虚，那么要见勒布耳并非难事。可以说我们来自一家杂志，要对他做个专访……”索菲停下不说了，因为萨姆已经在摇头了。

“他会想要知道杂志的名字，他的手下或许会致电杂志编辑，确保这不会是一次恶意攻击。不管怎样，访问勒布耳只是一颗发烟弹，是达成目的的途径而已。我们想要见到的是酒窖，是葡萄酒。”

对索菲来说，仅在波尔多偶尔参加上流社会社交晚宴的时候有过欺骗和吹嘘的经历，但现在她觉得自己正享受着编造一个可信的虚构故事带来的挑战。“我知道。”她接着说，“你是一个富有的美国人，想要打造一个豪华的酒窖——非常急迫，就像其他有钱的美国人一样——而我是你的顾问，我们来到勒布耳这儿寻找灵感，因为听说他拥有法国最棒的酒窖中的一个。”

萨姆皱着眉。“但是这与他何干？他为什么要帮助两个陌生人？”

“因为他喜欢被吹捧。”索菲耸耸肩，“所有男人都是这样——尤其是成功男士。”

“当然。但这还不足以成为理由，尤其对于一个热衷于公开宣传的人而言，我们都清楚他喜欢媒体，他看上去不是那种做好事不留名的家伙。”

萨姆正准备为索菲倒酒，突然停了下来，酒瓶停在冰桶和索菲的酒杯之间。“你刚才说什么？勒布耳拥有法国最好的酒窖之一？”

索菲点点头：“是啊！”

“你说的‘最好的酒窖’让我想起了一种书——畅销书。假设现在我们正在准备出书，一本大部头的、印刷精美的、售价昂贵的书，一本关于法国的最棒的酒窖的书——不，我们设定为全球最棒——然后我们想把勒布耳的酒窖收入其中。”萨姆完全沉醉在自己的构思中，以至于都遗忘了手里正在滴酒的酒瓶以及身后耐心的侍者。“而这是为什么呢？因为他的酒窖拥有一切：数量庞大的藏酒、非凡的酒窖设计、成功迷人的主人。所有这一切，当然——尤其是酒窖主人——将由世界顶尖的摄影师为其拍摄照片。如此，勒布耳将受到奉承，而且还是公开的夸耀。而我们就有理由在他的酒窖里想待多久就待多久，久到可以做笔记，还可以拍一些照片。”萨姆坐回座位上，把酒瓶递给在身边等候良久要为他们斟满酒杯的侍者。“你觉得如何？”

“有希望，”索菲说，“说实话，非常好。但我有个重要问题，我们是谁？我的意思是，我们是哪家出版公司的？勒布耳肯定想知道。”

萨姆发现自己开始变得像法国人一样伸出食指朝索菲有力地摆了摆。“我们不是出版公司，我们是独立的图书包装商，对一本书我们有自己的想法。这本书的书名就叫《世界最棒的酒窖》。接下来，我们会雇人写文案、拍照片，之后做出‘假书’，然后将拍卖版权，世界范围内的出版商价高者得——贝塔斯曼、阿歇特、塔申、菲顿——类似这样的公司。”

“这些事你是怎么知道的？”

萨姆回想起他唯一一次和出版业打交道的经历。“几年前，我碰巧在德国法兰克福的书展上接过一个活儿。那是个混乱的地方，但交易规模很大——出版商从世界各地赶来进行图书买卖。我认识几个每晚都霸占着酒店酒吧的出版业的人，通过他们的谈话内容，我学到了不少。那还挺有意思的。”

当索菲和萨姆慢慢品尝享受着海鲈鱼配茴香、新鲜山羊奶酪配普罗旺斯调味料以及迷迭香冰沙时，他们反复推敲这个想法，推敲它是否存在问题，然后又进行了完善。当咖啡端来时，他们觉得一个站得住脚的故事已经成型了。到了早上，索菲会从菲利普那儿知道勒布耳的办公室电话，幸运的话能够与他预约会面。萨姆将去买一架照相机，同时再打磨一下他们的表述。

“我还想到了一个结束今晚的完美的方式，”萨姆边签发支票边说，“月光下的窥探。”

索菲斜着眼睛看他：“什么是窥探？”

萨姆轻敲了下鼻子，眨了眨眼。“私密地侦察。我想到街上散散步，顺便看一看我们邻居的房子，可能会很有意思。想一起去吗？”

“为什么不？我还从没窥探过什么呢。”

离开旅店后他们来到小山丘上，顺着沙尔勒利翁大道一直走到两扇敞开的大铁门前。一条车道在黑暗中延伸开来，一直通向远方发出亮光的地方，那里大概就是勒布耳的房子。

“我现在什么都看见了，”萨姆说，“这是一处单人守卫的社区。”他走到车道上，后面紧跟着略显紧张的索菲。

索菲用力拉着萨姆的衣袖。“萨姆，如果有人拦住，我们该怎么说？”

“首先，我们要停止窃窃私语。然后我们说——哦，我不知道，或许可以说我们是一对来自美国的无知游客，以为这里是开放的公园。但是要记住，我们不能说法语。保持微笑，你会没事的。”

当他们沿着车道继续前行时，马路上喧嚣的车流声减弱为柔和的隆隆声。他们前方两百码的地方，是足球场大小修剪整齐的草坪，草坪后面就是发出亮光的弗朗西斯·勒布耳的家。

萨姆轻轻吹了一声口哨。“这地方会让白宫自惭形秽的。”

他们停下脚步仔细观察它。位于草坪尽头的是一座气势宏大的建筑——共三层，有三个立面，两侧较小的立面围合成了一个铺着碎石的小前院。在前院的一角整齐地停放着六辆黑色豪华轿车，借着底楼窗户流泻出的亮光，他俩能看见一群等候在夜晚寒冷空气中身穿制服的司机正在一边聊天一边抽烟。

“他们的聚会时间。”萨姆说，他看看手表，“我们最好别四处闲逛了，客人们不久就会出来了。”

他们正要转身离开，迎面一束手电筒的强光照在他们脸上，一名保安带着一条德国牧羊犬出现在夜色中。来者不善。

萨姆能感觉到索菲在他身后僵住了。他深吸了口气，举起双手，在刺眼的亮光中笑着。“嘿，我们似乎迷路了。你会说英语吗？”

“在这里干吗？”（保安用法语问。）

“不，我猜你不会说英语。”

那条狗呜呜地叫着，拉扯着保安手里的皮带。

“我们在找我们的酒店，”萨姆说，“索菲特，索菲特酒店？”他挥舞着双臂，尽力让自己看起来像那种会找不到在马赛最显眼的酒店的人。

保安靠近了点，他看上去和他的狗一样吓人。萨姆怀疑他们会不会让狗咬人。保安脸上的肌肉抽搐着，终于把手电筒的光束指向地面。“一直走到那条路的尽头，然后左转。”

“左边——对，那是左边。是吗？不是？等等，谢谢。”萨姆转向索菲，“我知道了，这语言，真是见鬼。明年我们去科德角吧。”

保安紧绷的脸更阴沉了，他再次晃了晃手电筒，就好像要用光束把他俩扫走。牧羊犬的牙齿在亮光中闪耀。索菲拉起萨姆的胳膊拽着他走，喃喃低语着，两人返回到车道上。

安然回到马路上后，索菲长长地舒了口气，开始大笑："这算是成功的窥探吗？那个男人一点教养都没有。"

"可怜的家伙，"萨姆说，"真是令人讨厌的工作——整晚带着一条狗四处走就足以使人变得古怪了。我在想这是他的固定工作还是他只是在那儿等候客人。通过那些司机可以判断，勒布耳有一些非常令人瞩目的朋友。他也有一栋非常不错的房子。我十分期待能一探究竟。"

他们回到了酒店，在前台拿了钥匙。萨姆忍不住打了个哈欠。这真是漫长的一天，在波尔多的时光似乎已经变得很遥远了。

"明天的事情你都准备好了吗？"萨姆问，"明天将会是你作为图书包装商的第一天。一切都将变得有意思起来。"

"我从来没见过图书包装商。他们都穿成什么样？"

萨姆咧嘴笑了："穿得令人信服。睡个好觉。明早见。"

"明天一大早？"

"明天一大早。"

萨姆站在淋浴头下，回顾着一整天的行程。菲利普承诺会帮忙，他乐于助人，也有幽默感，还足够机智，若有机会去侦查，他定能看出点什么。而且，正如索菲说的，他给人一种游手好闲的印象，有点流氓样儿。这点萨姆完全不介意，他甚至还觉得这是顺利合作的坚实基础。就等着看明天菲利普能否带来好消息。

然后关于索菲，总的来说复杂多了。萨姆感到某种程度上她被自己的背景束缚了手脚——体面的法国中产阶级的背景，有其自身的社会规范、严苛遵守的餐桌礼仪和自身的着装标准。另外，难以接受不合乎规范的人和事。索菲有一天或许会变得不同。她聪慧、迷人、擅长运动，这些在当天夜访法罗宫时都有所表现。无论从哪一方面来看，她都是一位可爱的女士。但萨姆承认，令人惋惜的是她不是伊莲娜·莫里斯。

萨姆走出淋浴间，在腰间裹了条浴巾，径直走向卧室。他的手机放在床头柜上，边上是他的手表，.他看了看时间，洛杉矶现在是下午三点左右。萨姆能想象到伊莲娜正在办公桌旁吃完少量的简餐后抵挡着丹尼·罗斯不断打来的电话，她也想知道萨姆这边的进展。萨姆想给她打电话，但能告诉她什么呢？真相？还是只是他想要听到她的声音？他告诉自己还是等明天吧，当自己有点切实的进展后再汇报吧。

萨姆看了半小时试图跟上法国电视台的橄榄球比赛，但最终伴着电视里人群的喧闹声沉沉睡去。

第十三章　档案

假如一位君主都无法在十年内建造完成自己的房屋，我们这些凡人还能有什么指望？

萨姆走进早晨清新的空气中，查看了他的早餐。在阳台铺着白桌布的桌子上，整齐地摆放着一个正常男人在一天伊始都希望看到的东西：一壶芳香四溢的滴滤咖啡、一大壶热牛奶、两个饱满金黄的羊角面包和一份《国际先驱论坛报》。萨姆戴上太阳眼镜，窗外的风景一如昨日般美好，他带着一丝幸福感坐了下来。这时他的手机响了。

接听电话前，萨姆看了看手表。他想，索菲正被美国人的习惯潜移默化地影响着。“早上好，”萨姆接起电话，“你起得真早。”

“老年人睡不着，萨姆。你以后会了解的。”说话的人声音很轻柔，稍微带点口音，是阿克希尔·斯克罗德。

萨姆花了点时间才从惊讶中恢复过来。“这真是一个惊喜，阿克希尔。接到你的电话真不错。发生什么事情了吗？”

“哦，瞎忙，萨姆，瞎忙。我想我们或许可以一起喝一杯。”他停顿了下，“如果你还在巴黎。”

他在试探我，萨姆想。可能他早就给蒙塔龙贝酒店打过电话了，结果发现我已经离开。“乐意之至，阿克希尔。但今晚肯定不行。”

“那真可惜，”阿克希尔说，“我讨厌在电话里说坏消息。”萨姆听到他在叹气。“我还是长话短说，省略细节吧，我听说罗斯监守自盗。”

“真的吗？”

“是的。恐怕你在法国是浪费时间，你应该返回加利福尼亚州。这是我的忠告。”

“多谢了，阿克希尔。我肯定会告诉你事件的进程的。”

萨姆给自己倒上第一杯咖啡，同时摇摇头。他喜欢阿克希尔，有些时候他的大实话能带给你——或者他自己——一些意外收获。但这次不是，萨姆很肯定。这是一个令人振奋的征兆。他掰下羊角面包的底部，蘸了蘸咖啡，他沾染上的又一个法国人的习惯：邋遢，但很美味。他能感受到太阳照在肩头的温暖，然后开始阅读报纸的体育版。

十一点的时候，索菲、萨姆和菲利普围坐在酒店大堂僻静一隅的一张桌边。索菲已经花了大半个早晨，试图穿越勒布耳的随从筑起的层层屏障。她最终成功联络到勒布耳的私人秘书，但被告知勒布耳先生和他的瑜伽老师在一起，不方便被打扰。秘书承诺会回电。

“你告诉她什么了？”菲利普问。

索菲说了封面故事的来龙去脉，当她描述自己如何化身为图书包装商的时候，菲利普一直点头表示赞同。

“或许可行。”当索菲讲完了，菲利普说。然后他从一个因饱受日晒雨淋而变色的尼龙包里掏出一个厚厚的文件夹，“瞧，勒布耳的档案。我把有意思的资料都打印出来了，你们就不用费心找电脑了。

你们会从这些资料中看出他多么热衷于受到瞩目，假如还配有照片的话，他就更喜欢了，就像一名政客。”他停了停，笑了起来，“好吧，或许没那么糟糕。都在这儿，看看吧。”他打开了文件夹，把资料铺满桌子。

资料里的勒布耳，或作为建筑大师，顶着头盔站在他的一个建筑工地上；或化身传媒巨头，卷起袖管身处直播室中；或身着运动短裤，与出征奥林匹克运动会的马赛的足球运动员们亲切交谈；或戴着已磨破的稻草帽、手拿修枝剪，与一串葡萄在谈心；或变成飞行员正在登上他的私人飞机；或作为老到的水手站在游艇的驾驶舵旁。以及一系列随之变化的各种样式的着装，从商务装到 T 恤、短裤。勒布耳是法罗宫骄傲的主人。其中特别值得注意的是勒布耳身为美食家，将酒杯举向光亮处，身处一排排延伸向远方的酒架前——这大概就是他的酒窖吧。

萨姆有点期待能看到勒布耳穿睡衣的样子，但这个伟大的人可能根本没时间睡觉。“大忙人，”萨姆说，“他有自己的专属摄影师吗？”

菲利普笑了。“不止一个。了解他的记者们在做采访的时候，有时都不用费心带摄影师过去。”

“那他的妻子呢？有勒布耳夫人吗？”

“曾经有。几年前死了，他也没再婚。但那不等于说他没有一两个小情人。”菲利普翻阅着那些文章，直到找到一张照片，是勒布耳和一位极其年轻、还比他高几英寸的女士。“富有的小个子男人，”菲利普说，“他们总是最会调情的，也总是追求高挑儿的女人。是吧？索菲。”他朝索菲挑了挑眉毛。

作为回应，索菲做了个鬼脸，此时她的手机响了。两个男人看着她起身离开，接听来电，通话简短，但听上去很乐观。索菲回到桌旁，脸上带着深深的笑意。“今晚六点半，”她说，“必须得今晚。因为明天他要坐船去科西嘉岛，之后会离开几天。”

“太棒了！”萨姆说，“干得漂亮。作为一名图书包装商，你前途光明。现在的问题是，今晚我们还需要准备些什么？我最好去弄台照相机。”

“我需要一件外套，”索菲说，“比较正式的那种。”

菲利普看了看手表。“我需要吃午餐，事实上，再不吃午饭我会饿死的。”他说，“我知道个地方，非常有马赛特色，我们可以边吃边聊。”

出租车把他们放在了罗马街大道支路，威列治街的街角处。菲利普带着他们去了一家看似普通的肉食店，窗户上挂满了牛肉、羊肉还有小牛肉。他在门口略作停留，转头问萨姆：“我想你不是素食主义者吧？”他一边摇着头，一边自问自答：“我忘了，你是美国人，当然爱吃肉食。这家有全马赛最好的肉。”

他们说着话走进门，萨姆都能够听到店里后面传来的嗡嗡的交谈声。一个年轻人出来欢迎他们，他与菲利普热情地拥抱后，领着他们走进一间狭小拥挤的屋子，巨型的九重葛爬满玻璃房顶，阳光透过叶子射进来。菲利普四下环顾，朝其他几位客人点头微笑。“这里的每个人都是马赛人。”他带着某种程度的满足跟萨姆说，“你可能是他们这儿的第一位美国客人。”萨姆一直在研究店内的布局，里面的装饰基本被牛科动物承包。一头体型庞大、神态威严、毛色黑白相间的名叫拉贝尔的母牛的图饰到处都是：画上、餐具垫上、盐瓶上、胡椒罐上乃至菜单上。“我想我知道我们要吃什么了。”萨姆说，“有什么特别推荐？”

菲利普啪的一声合上菜单。“先来一份牛肉火腿，搭配洋蓟菜心、番茄干和帕尔马干酪。然后上牛脸肉，他们这儿会在上面铺一些鹅肝酱。再来一个巧克力熔浆蛋糕。这会使我们直到晚餐都念念不忘。相信我。”

当他们在享用午餐，大快朵颐时，菲利普把注意力转向了索菲。他觉得他俩已经太久没见面了，他想知道她的最新状况。在谈论完一两个关于工作和波尔多的不痛不痒的问题后，他抿了一口葡萄酒，用餐巾擦了擦嘴唇，然后将话题转移到更加微妙的事情上。

“你的感情生活怎么样了？”

“菲利普！”索菲立刻飞红了脸，低头盯着自己的盘子，似乎要从盘子里找到什么吸引人的东西。

“好吧，我敢肯定你跟那个人分开了吧——他是做什么的来着？游艇设计师？我总觉得他有点流里流气的。”菲利普停了下来，歪着头，仔细打量索菲，“我说得对吧？”

索菲点了点头：“我刚和他离婚了。”

“然后呢？”菲利普说，“然后？”

“然后我已经和某个人约会近十八个月了。”她看了下萨姆，摇了摇头，“这就是家族里有人做记者的后果。”然后索菲回头望向菲利普，“他叫阿诺德·罗兰，在西萨克附近有个小酒庄，还有一个善解人意的老母亲、两条拉布拉多，没有小孩。现在请让我先把午餐吃完吧。”

菲利普斜眼看着萨姆，使了个眼色。“只是问问嘛。”

到了咖啡时间，大家的谈话内容又回到晚上要做的事情上。“免得我忘记，”菲利普一边仔细搜寻他的背包，一边说，“这是你的职责——今晚之前读完。”他把一本小书从桌上滑向萨姆。“这里面有关于法罗宫的故事，非常有意思。勒布耳为自己的家而自豪，如果你能表现出对它有些了解，一定会令他印象深刻。”

“菲利普，”索菲正在研究马赛的街道分布图，“你要是买衣服的话，会去哪儿？”

菲利普低头匆匆一瞥，掸了掸他的皱巴巴的军绿色旧裤子上看不见的灰尘，裤脚塞在磨破的中筒军靴里。“在麻田街有家军装尾单店。我认识店主，他懂我的风格。”

“不，不是给你买。是我要买。”

菲利普盯着天花板想一会儿。“那就去帕拉提思道和布鲁特道，那儿附近的一些小街道有卖。我会帮你标出来。”

三人走出肉食店，在门口，菲利普为他们指明各自目的地的方向——索菲去服饰店，萨姆去买照相机。菲利普自己，肩负着新闻记者不可推卸的责任，准备启程去首次在马赛举办的情色沙龙，一个独特或许人们还会赤身裸体的盛会。当他大声说出他将见到的场景时，索菲捂住耳朵，转身离开。

当再一次回到他的阳台，萨姆坐下来翻开了菲利普给他的那本书——一本双语小册子，讲述勒布耳居住的豪华宫殿的由来。

建造法罗宫的构想是在 1852 年提出的。当路易·拿破仑即将登基时，曾暗示当地的官员他非常喜欢能俯瞰大海的府邸。

拿破仑的暗示无异于皇帝的圣旨，马赛善良的臣民们纷纷响应。他们说，让我们为您建造府邸吧。而拿破仑觉得他们的慷慨或许有些过头了（这是在君主身上通常难以找到的审慎），回绝了他们的请求。但他说，他很乐意接受一块合适的土地，在此之上他会建造合适的住宅。

和发生在普罗旺斯的很多事情的节奏一样，建造工程进展缓慢，而且困难重重。虽然工程在 1856 年就已正式动工，但直到 1858 年的 8 月 15 日才举行了奠基仪式——碰巧那天也是圣路易斯节，这是建造期间为数不多的快乐时光。其间更多的是无数建筑师之间的争吵、泥瓦匠的无能、建筑工匠人手的短缺、石材供应的不足还有频繁到来的可以损坏窗户的狂风。工程又被耽搁了十年，直至 1868 年底，拿破仑的宫殿还是无法入住。

更糟的还在后头。两年之后，因为一些军事行动的失利，拿破仑最终被废黜，之后被流放至英格兰，1873 年在那里去世。他的遗孀，欧仁妮，将马赛曾给予他们的如数返还，然后像那些拥有昂贵但无用之物的主人那样离开了马赛。

在接下来的一百二十年里，市参议院发现，这栋豪宅暴露在含盐浓度很高的海洋气候下的部分已遭破坏，维护需要花费巨额费用。关于如何支付这项费用的方案不断被提出，不断被否决。最终，勒布耳申请租用法罗宫为他个人使用，这才使得整个城市如释重负。在 1993 年的圣路易斯节，双方签订了协议，勒布耳正式入住。

这是一个略带悲伤色彩的故事，萨姆合上书的时候想。假如一位君主都无法在十年内建造完成自己的房屋，我们这些凡人还能有什么指望？

傍晚的轻风从海边吹来，已经有些凉了。他走进房间，为了赴约换了套西装，打上领带。然后他检查了新相机，拿了半打名片放进上衣口袋。这些名片只印了他的名字和住址，无任何关于他工作细节的信息，方便他随时更换职业。最后，萨姆又调整了下领带——一条哈佛俱乐部的仿冒品，马上下楼在大厅与索菲碰面。

当萨姆走出电梯时，她已经在那儿了，正和一位目不转睛盯着她的看门人聊天，显然他对索菲的穿着大为赞赏。这是法国女人商务着装的方式——在合身的外套里，搭配着中等长度、带有蕾丝花边的低胸连衣裙。

当索菲看见萨姆后，转过身来，一只手搭在她的臀部，挑了下眉。“怎么样？可以吗？”

萨姆点点头，咧嘴笑着：“你的存在是对出版业的加分，事实上，你会在出版业造成轰动。”

“我刚刚让酒店服务台叫了出租车，”她说，“我穿着这双鞋只能步行二十米。”

萨姆看了看那双鞋，这次轮到他挑眉了。“我完全能够理解。”他说。他将手臂伸给索菲，“走吧。今晚将是勒布耳的幸运之夜。”

第十四章　勒布耳的日落

百万富翁们到底是如何养成了把自然的景观看作他们私有财产的习惯的，还真是妙不可言。

铁门摇摆着打开，好让出租车驶入。大门里面五十米左右的地方立着一座女子雕像，她比真人要高，身着古希腊时的飘逸长袍。她的大理石做成的眼睛茫然地注视着远处的庞大建筑，她的双臂张开，好像要触摸到它。

当他们经过雕像时，司机朝她点点头。“欧仁妮皇后，”他说道，“真可怜。她差点就能入住宫殿了，只差一步了。”

出租车停下时，前面的台阶上有一位身着深色套装的年轻人正在等候，他的头向旁边恭敬地侧了下以示欢迎。他引领着他俩穿过入口，沿着一条闪耀的大道，上面铺着装饰有蜜色人字形图案的镶木地板，来到一处高高的双开门前。在他离开前，年轻人带着炫耀的姿态打开了门，索菲和萨姆差点被从一排落地窗涌进的夕照光线闪瞎了眼。勒布耳正背对门口接听手机，其中一扇窗户衬托出他的轮廓。

索菲对萨姆小声说：“他不知道我们来了。”

“他肯定知道，”萨姆说，“只是想让我们知道他到底有多忙。在洛杉矶有钱人整天都玩这套。”萨姆转过身，用力关上双开门，声音足够响亮，乃至吸引了那个“剪影”的注意。勒布耳本人背向光线放下手机，穿过房间来迎接他们的到来。

勒布耳不高、瘦削、毫无瑕疵，有一头浓密的白发，剃了漂亮的平头。他身着浅蓝色衬衫、深蓝丝质外套，系着一条在萨姆看来是属于伦敦御林军俱乐部的官方领带，萨姆可是这些神秘符号的研究者。他的脸是油亮的柚木色，深棕色的双眼在看到索菲时变得更加明亮了。

“欢迎你，女士。”他说道，一边弯腰去亲吻她的手背，同时注意到了索菲的袒胸装束，而后转向萨姆，“先生，您的名字是……”

“列维特，萨姆·列维特，很高兴见到您。感谢您能够与我们见面。”萨姆和勒布耳握了握手，然后递给他一张名片。

“啊，”勒布耳说，“您一定更愿意我们用英文交谈。”

“您人真好，”萨姆说，“我的法语实在是太差了。”

勒布耳耸了耸肩。“没问题。如今只要是生意人都必须会说英语，我的员工都会说。我认为不久的将来，我们还得学习汉语。”他低头看了看萨姆的名片，抬了抬白色的浓密眉毛，“位于洛杉矶的庄园？真别致！”

“只是一个很朴实的地方，”萨姆笑着说，“但那儿是家。”

勒布耳伸出一只手指向那排落地窗：“过来。让我带你们看看我的日落。这儿的景色被公认为是马赛最好的。”

他的日落，萨姆想。百万富翁们到底是如何养成了把自然的景观看作他们私有财产的习惯的，还真是妙不可言。而他也不得不承认这里的景色的确绝佳。天空中好像着了火——一条巨大的深红色裂缝的边缘渐渐褪为粉色和淡紫色，光线在海平面上形成了一条泛着涟漪的金色大道。勒布耳朝眼前的景色点点头，好似再次确认这样的景观达到了通常他所预期的高水准。

距海岸线几千米处，有一处朦胧密集的小型岛屿群。索菲指着离他们最近的那个："那是伊夫堡吧，是吗？"

"相当正确，亲爱的。显然你还没有忘了大仲马，这就是基度山伯爵被囚禁之处。你也知道，许多游客认为确有其人。"他轻声笑道，"这就是一本好书的魅力所在。"他从窗前转过身来，抓住索菲的手，"这倒提醒我你们此次到访的来意了，你可以和我详细说说。"

勒布耳带他们来到一张镀金的桌子前，桌子被一组 19 世纪时期的椅子和沙发环绕着。在他自己落座之前，勒布耳取出他的手机摁了下一个按钮，那个身穿深色套装的年轻人马上出现在他们面前，他将手里的托盘放在桌上。他之前肯定一直潜伏在外面。他从冰桶里拿出一瓶香槟，给勒布耳过目获得首肯后打开了它，软木塞被拔出来的时候发出一声温柔的长叹。年轻人倒完酒，将酒杯放到每人面前后再次离开。

"但愿你们喜欢库格酒。"勒布耳说。他在椅子上向后靠了靠，将双腿交叉，露出了黑色的鳄鱼皮便鞋和被晒成深棕褐色的裸露着的脚踝。"请一定原谅我没穿袜子，"他说，"但我其实厌恶袜子，在家从来不穿它们。"他向索菲举起酒杯，微笑着说道："为我们的书干杯。"

在萨姆和索菲排练他们的计划时，他们就达成共识，认为索菲的背景情况使得她担任总编一职理所应当，主要负责筛选可以收入本书的酒窖。索菲抿了口香槟来滋润下突然变得干涩的喉咙，开始向勒布耳介绍这个项目的大概情况，讲述中故意提及一些知名的专业酒窖也在候选之列，比如享誉世界的大型餐厅与酒店，当然，还有爱丽舍宫。勒布耳有礼貌地倾听着，眼睛不时从索菲的脸上转移到让他非常赞赏的双腿上。

当索菲讲到她所谓的书的最关键部分，也就是全世界最棒的私人酒窖时，勒布耳的兴趣明显增加。他询问除了他还有谁也会加入。这是索菲早已预料到的问题，因此她毫不犹豫地报出一连串名字，包括少数几个英国贵族的名字、几位有名的美国企业家、中国香港的首富、一位隐居在苏格兰高地上占地三万英亩的城堡里的寡妇，以及两三个在波尔多和勃艮第富有声望的家族。

索菲在谈到自己的工作时，越讲越激动，而勒布耳也明显对索菲的谈话越来越感兴趣，尤其当她身体前倾靠向勒布耳向他强调她所说的重点的时候。她说能被收入在他们那本书的候选人必须满足三项要求。首先，酒窖主人必须具备足够好的品位和雄厚的财力使他可以收藏真正令人赞叹的美酒。其次，除了对葡萄酒的热爱，他们自身还得有意思。用索菲的话说，就是除了酒窖，生活里还要有别的趣味。最后，酒窖本身必须在某一方面与众不同。她援引了两个例子加以说明：一位英国的伯爵将藏酒储存于一栋高耸的维多利亚时代的大楼里，并且在花园的后方配备了可控制湿度的升降机；还有个美国佬单独辟出他位于派克大道三层公寓中的一层来存放他的藏酒。虽然还没有见到法罗宫的酒窖，索菲说她确信那里肯定会有过人之处。

勒布耳点点头：“的确如此。而且规模相当大。实际上，我的酒窖管理者，维尔勒先生，通常都在里面放置一辆自行车，好从一头骑到另一头。”勒布耳抬起手，那位年轻人即刻现身，为他们斟满酒杯。“这是个有意思的项目，而且你的阐释也引人入胜。”他把头偏向索菲，“但请稍微透露一点——怎么说呢——具体细节。你们准备如何筹备这本书？”

轮到萨姆上场了。他向勒布耳保证，只有最上乘的人才会成为这本书的代理经销商；书中文字将由举世闻名的美酒撰稿人写作——自然地，休·约翰逊会立刻在脑海中浮现；而罗伯特·帕克或许会为其作序；书中的照片则由哈利韦尔或杜尚掌镜，他们二位都被尊为大师；埃托雷·波佐洛会负责该书的整体设计，他是设计天才和出版界的神话。换句话说，他们将不遗余力，这本书将会是美酒爱好者的宝典。说到这儿，萨姆纠正了一下他自己的说法，不，它将会是美酒爱好者独一无二的圣经，它的推崇者将遍布世界各地，数以百万计。当然，萨姆补充道，文字和图像只有得到勒布耳先生的首肯才会被使用，而考斯特女士会保持跟进与联系，协调作家、摄影师、法罗宫各方之间的关系，她将随时待命，回复各方咨询。

勒布耳若有所思，用手拉着自己坚韧的耳垂。他意识到自己被恭维着，但这并不对他造成困扰。他想，这是个不错的想法，相当不错。这种类型的书他自己就很感兴趣。只要将这本书内容必须获得他首肯这一条声明写进协议中，图书出版后就不会有什么出乎意料的尴尬出现了。这将会是他成功人生的再一次实证——他是一位极具鉴赏力的大亨。而且，至少将来和编辑的数次会面，都会有迷人的考斯特女士相伴左右——她此刻正用期待的眼神望着他，极具诱惑力。

勒布耳做了决定。“非常棒！”他说，“我赞成。当然不是为了私人宣传，而是因为我一直在翘首以盼这样的机会，借此可以来极力宣扬法国和法国的一切。这是我的个人想法，我是一个老派的爱国主义者。”他略作停顿，好让这高尚的情感被人理解，然后继续说道，“那么现在呢，正如我的秘书告知二位的，我明早出发，要去科西嘉岛待几天。不过目前阶段你们还用不着我，你们应该见的人是维尔勒先生。他掌管我的酒窖已近三十年，那里存有几千瓶酒，我常常觉得他熟知其中的每一瓶。没有人比他更适合成为你们的向导了。”勒布耳点了点头，继续说：“是的。你们一定要见见维尔勒。”

听着他说这些，索菲的表情从期盼转为喜悦。她身体前倾，把自己的手放在勒布耳的胳膊上。“感谢您！”她说，“您不会后悔的，我向您保证。”

勒布耳轻轻拍了下她的手。“我确信不会的，亲爱的。”然后望向对面那个一直在待命的年轻人，“多米尼克会安排你们明天和维尔勒见面的。现在，请原谅，我还有另外一个约会。多米尼克会带你们回酒店的。”

在他们出来的路上，几乎撞到勒布耳的下一个约会对象，一个身材高挑、打扮时髦的女孩，戴着大大的深色墨镜，好像以防太阳应返场呼声会猝不及防地再次出现，她走远后空气中还飘散着一股浓烈的香水味。

“是一千零一夜的香水。”索菲对此不以为然，嗤之以鼻，“喷太多了吧。”

当他们站在入口外的台阶上，等待车来的时候，萨姆将胳膊环绕在索菲的肩膀上，紧拥了下。“你表现得太棒了！”他说，“我觉得有一瞬间，你都快坐到勒布耳的大腿上了。”

索菲笑了。“我觉得他也这么认为。他是个讨女人喜欢的男人。”她噘起嘴，“虽然稍微矮了点。”

“这不是问题，相信我。如果他站在他的钱包上，会比我们两个加起来都要更加伟岸的。”

一辆加长的、散发着迷人光泽的黑色法国标致汽车停在了台阶的前面，多米尼克从车里跳出来，为他们打开后车门。

“沿路而下就行，”萨姆说，“索菲特酒店。”

当他们到达车道的尽头时，车停在了欧仁妮皇后的雕像旁边。多米尼克摇下车窗，伸出一只手，摁了下隐藏在雕像的大理石长袍褶皱处的按钮，电动大门缓缓打开。随着一声低语“感谢你，女士”，多米尼克开车转弯上了大道，几分钟后，他俩回到了酒店。

“我对你并不了解，”当车绝尘而去，萨姆对索菲说道，“但我认为我们可以一起再去喝一杯。看谁先到酒吧。”

当他们要穿过酒店大堂，一个身材魁梧的、衣冠不整的人急匆匆上前拦截了他俩。这人眉毛高挑、双肩耸起、双手张开，像一个人体信号灯，看来他刚从情色沙龙归来。

“那么，你们进行得如何？”

萨姆竖起两根大拇指。“索菲的表现精彩绝伦。我们已经拿到预约，明天早上去参观酒窖。你呢？是不是有一个很情色的下午？”

大个子咧嘴笑了：“你绝对会着迷的。很多新奇玩意儿——你真应该见识下如今他们都用乳汁来干吗。比如——”

“菲利普！够了。”索菲在去酒吧的路上，一路都摇着头。

小酌了几杯，他们向菲利普详细讲述了最新进展，三人都认可这是一个良好的开端。但明天也尤为关键，还有很多情况尚未浮出水面。据勒布耳的描述，他的酒窖庞大无比，需要骑自行车从这头到那头。不止如此，他们还需要在成千上万瓶藏酒中找出那区区五百瓶。明天他们有得忙了。

萨姆喝完了酒站起身。“我想我最好先去打几通电话。洛杉矶的同伴们应该想要知道我们都在干吗，而且最好在午餐前联系到他们。但我肯定你们俩应该有很多家长里短需要聊聊吧。”

菲利普看上去很失望。“你就不想听听情色沙龙的情况吗？”

“很有兴趣，”萨姆说，“但不是今晚。”

现在是洛杉矶当地时间上午十一点。伊莲娜·莫里斯正在考虑能否在黄页的“人类处理”条目下找到任何信息。丹尼·罗斯的来电，无论是恶意辱骂抑或威胁，都已经把她逼到崩溃的边缘，以至于她时常幻想要把他灭了。更让她恼怒的，是萨姆一直保持沉默，以及自己对法国那边进展一无所知的挫败感，如果有任何进展的话。所以当秘书告诉她列维特先生打来电话的时候，她准备要严厉斥责他。

“我在，萨姆。怎么了？”她的声音冰冷得好似零下几度。

“我爱你的诸多方面中的一点，”萨姆说，“就是你良好的电话礼仪。现在听着。”

他用五分钟回顾了所有事件，一直到与勒布耳的会面以及准备第二天去拜访他的酒窖。伊莲娜静静听着，等他讲完。

“所以你的黑道朋友阿克希尔·斯克罗德告诉你这是罗斯自己策

划的盗窃案？”

“是的。”

“但你不相信。而你也不知道勒布耳这个家伙到底有没有酒？”

“也对。”

“就算他有，你要怎么证明？”

“我正在想办法。”电话那头一阵沉默。“伊莲娜，你听上去一点也不激动。”

“我手上有巴黎总部寄来的索菲·考斯特的简历。”

“所以？”

“附有一张照片。完全不是你描述的那样。”萨姆几乎都能感觉到通过电话线传来的一股寒流。“晚安，萨姆。”在他还没有机会回复的时候，电话就被挂断了。

第十五章　法罗宫的酒窖

在他们面前的是一条足足二百码宽的石板路，几乎察觉不出是一个斜坡，天花板是一系列典雅高贵的拱顶，由砖砌成，因为年代比较久了，呈现出一种柔和的灰粉色。

萨姆早早地就起床了，因为昨晚的电话，他还在跟自己怄气。他本应该给伊莲娜回个电话解释一下。不，这不应该，管她呢。如果她想直接下结论，那就由她去。他来回踱步，感觉这样的场景似曾相识。在过去的日子里，他们就是这样不断起争执。她的多疑，他的固执，使得他们的关系时好时坏，变幻无常。不过，不得不说，一般最后都以完美的和解结束。他耸耸肩，将这些事情抛之脑后，把注意力集中到菲利普留给他的勒布耳的档案上。

萨姆对法文远远算不上熟练，但他认真分析着档案，试图摸出些门道。无论勒布耳扮演什么角色——报业独裁者还是地中海海盗——总是围绕一个主题——法国的伟大，以及所有一切和法国有关的事物：文化、语言、料理、酒、城堡、时装、女人、足球队，不一而足。尽管勒布耳承认他从未真正坐过法国的高速列车，但他还是高调地予以肯定，听上去某种程度上好像他在高速列车的建设中具有举足轻重的作用。

勒布耳对法国唯一持保留态度的是对法国官员的蔑视，那些官僚的灰色军队无处不在地骚扰着法国人的生活，可能这就是法国尚未成为人间天堂的原因。每年春天，他都会在公众面前骑上木马，召开他的个人所得税新闻发布会，标志着他所谓的“纳税节”的到来。他不仅仅告诉全世界他缴纳的税款金额，还将税额换算成官僚们的工资，以此为出发点抨击那些闲散、无能和铺张的官员，而这类言行总是特别受大众媒体欢迎。但这是完美的法国蓝图上唯一的污点。

勒布耳是亿万富翁中的另类，大部分富豪都喜欢进出拿骚、日内瓦或摩纳哥这样的避风港，时刻警觉着税法的变化。萨姆情不自禁喜欢上了这个人，他时刻准备着付出居住在他深爱的国家该有的代价。萨姆赞许地点点头，合上文件，下楼去大厅和索菲碰面。

弗洛里安·维尔勒正在法罗宫的主入口前恭候他们，要不是知道他掌管勒布耳的酒窖，会以为他是一位教授，或者一个生在好时代的诗人。即使身处暖春，但因为酒窖里的寒冷，他穿了一身厚重的深绿色灯芯绒套装。脖子上的黑色长围巾繁复地绕了好几圈，夹克下露出一截紫红色的 T 恤。他留着长发，直直地梳到脑后，胡子修剪成整洁的三角形，发型与胡子的配合，如同盐和胡椒的完美搭配。他戴了一副无框眼镜，一双灰蓝色的眼睛在四处打量。他周身散发出一种属于 19 世纪的气质，只缺一顶特大号软毡帽和一件披风，如果再加上帽子和披风，他就能成为土鲁斯－劳特累克笔下的人物，一个要去赴情妇约会的花花公子。

维尔勒弯腰亲吻索菲的手，胡子扫过她的手指。“很高兴见到您，女士。”然后转向萨姆，充满活力地向他挥挥手。“也十分荣幸见到您，先生。”他说。旋即后退一步，举起双手，“但是，请原谅我。我忘了，勒布耳先生跟我提过您喜欢说英语，这对我来说完全没问题，我的英语很流利。”他眨眨眼睛，眉开眼笑地询问索菲和萨姆，“我们可以开始了吗？”

维尔勒带他们穿过一间又一间装饰华丽的房间，并且把它们称作沙龙，直到他们来到一间大厨房。不像那些还保留诸如大吊灯、镀金装饰、垂花饰、流苏等华丽装饰的沙龙，还停留在浮夸时期，这间厨房走的是现代风：不锈钢、抛光大理石、嵌入式照明。唯一存留着的旧式厨房传统的痕迹是一个悬空的铁铸架子，上面摆放着三四十个发亮的铜盘。维尔勒伸手示意他们看向那个巨大的火炉，它有充足的燃炉、电炉、烤炉可以用来举办一个宴会，维尔勒带着极大的满足感说：“小尼斯餐厅的主厨是我们老板的朋友，他经常来这儿，拥有这样一个厨房，是他梦寐以求的。”

他们走进第二间厨房，虽没有第一间引人注目，但也很宽敞，厨房里有壁橱、深冻冰箱和洗碗机。厨房的角落处有两扇门，维尔勒打开大的那扇，转过头来说：“台阶很窄，注意！小心慢走！”

台阶不仅很窄，还很陡，他们绕着这个旋转式的楼梯一直走到一扇上了油漆的铁门前，维尔勒在嵌在墙上的电子键盘上按了一串数字，门开了。打开灯，他垂手站立一旁，观察着客人们的反应，脸上带着笑意，显然他十分享受这一刻。

索菲和萨姆站在门口，一动不动，完全惊呆了。在他们面前的是一条足足二百码宽的石板路，几乎察觉不出是一个斜坡，天花板是一系列典雅高贵的拱顶，由砖砌成，因为年代比较久了，呈现出一种柔和的灰粉色。主路两边是更小的通道，入口处都矗立着由砖砌成的方形柱子。门的左边，维尔勒的自行车靠在一个酒桶旁，是一辆老牌索莱克斯。这儿的空气闻起来和任何一个酒窖该有的空气一样：有一点潮湿，还夹杂着一些霉味。

维尔勒率先打破沉默："怎么样？你们觉得如何？能收入到你们的书里吗？"他笑着说道，同时用食指轻轻摸着胡子，俨然一副知道会得到赞美的神情。

"非常非常壮观，"索菲说。"甚至在波尔多，也找不到这么大的酒窖，更别提私人所有的了。这太宏伟了，萨姆，你不觉得吗？"

"完美！"萨姆说，"写到书里再合适不过。"他对着维尔勒龇牙一笑，"唯一的问题是需要有幅地图来找到周围的路。"

维尔勒的自满心理急速膨胀。"我当然有这样的地图，这是肯定的！我们得去我的办公室，我会给你演示怎么从 A 到 B。"

他们从石板路出发，向办公室走去，维尔勒担当索菲和萨姆的向导。"你看，这儿就像一个小镇，需要弄清楚每一条街道。事实上，我们现在在主干道上。"他指向一个蓝白两色的搪瓷标志，注视着他们到达的第一根柱子，标志的位置与视线齐平，上面写着"宫殿大道"。"并且，主干道两侧连接的，"维尔勒继续说，"是其他街道，有些宽，有些窄。"他停下来，伸出一根手指。"但是街道的名称会告诉我们谁住在里边，"他摇摇手，"当然，我指的是酒。"他示意他们走到一边，进入又一条道路，另一个蓝白两色的标志告诉他们这里是"香槟大道"。

这条道上，香槟酒的数量极为庞大，狭窄的石路两边的箱子都装得满满当当：库格、路易王妃、首席法兰西、巴黎之花、凯歌、唐培里侬、泰廷爵、慧纳——这些酒用各种尺寸的葡萄酒瓶装着，有七百五十毫升的标准瓶，还有一千五百毫升、三千毫升、四千五百毫升、六千毫升的大酒瓶，甚至还有相当于二十支标准瓶容量的超大尺寸酒瓶。维尔勒就像一位宠溺自己孩子的父亲一样盯着这些酒，爱护之情溢于言表。然后，维尔勒领着他们走向默尔索街，紧接着的是蒙切榭街、科通－查理曼街、夏布利路、普依－富塞大道和依坤路。维尔勒解释说这边的主要街道存放的都是白葡萄酒，另外一边则是红葡萄酒。

他们花了将近一小时才走完酒窖，途中时不时停下来表达一下他们的敬意和赞赏，例如在金坡地道，称赞一下伟大的勃艮第，或者在马赛大道向拉图、拉菲、玛歌这传奇三角致以了崇高的敬意。他们来到维尔勒的办公室的时候，居然都觉得有些眩晕，好像并不只是观赏，而是已经品尝过那些酒了。

“请允许我问您一个问题，”萨姆说，“我没有看到基安蒂街，你们有收藏意大利酒吗？”

维尔勒看着萨姆，那表情给人的感觉好像萨姆侮辱了他的母亲一般，咂咂舌，摇了摇头，才开始说：“不，不，不，这儿绝对没有。这里的每一瓶酒都产自法国，勒布耳先生坚持一定是这样。只留最好的。尽管……”维尔勒接下来要说的话有些自相矛盾了，“这话我们私底下说，在书里可不能写，在那边你可以看到几箱产自加利福尼亚州的酒，勒布耳先生自己在纳帕谷有个酒厂，作为他消遣时的一个爱好。”从维尔勒的表情可以看出，勒布耳对这个爱好并没有太大热情。

在酒窖的尽头，有一辆体现爱国主义精神的高尔夫球车停在角落，就在一扇大门的边上。车上绘有法国的蓝白红三色国旗。维尔勒按下一个按钮，门开了，面前出现一条长长的车道，一直通向沉思的欧仁妮雕像和住宅的大门。

“看到了吗？”维尔勒说，“酒窖建在住宅前面的大草坪的下方。”看着外面的鹅卵石路，他满意地点点头。“这是用来运送酒的，卡车在这儿卸货，接着把酒装到高尔夫球车里，然后我载着酒去它们该去的地方。”

索菲皱着眉，不解地看着高尔夫球车。“但是维尔勒先生，那你们要喝酒的时候，怎么拿到房里去呢？肯定不爬那些楼梯吧？或者你开着你的高尔夫球车……”

“啊哈！”维尔勒摸摸鼻子，“女人可真实际。离开之前我会带你们去看的，现在先去我的办公室，你们会看到我那些奇特的摆设。”

显然，维尔勒把他自己看成书中的主要配角，他设法在他杂乱的办公室里找出了许多有趣的玩意儿。有巨大的瓶塞钻，至少一米长，上面有用打磨过的橄榄木做的螺旋状把手，它靠在桌子旁边的墙上。那张书桌，维尔勒称之为“葡萄酒鉴赏家的桌子”，除了顶面是玻璃，其他部分都由上好的酒庄里的木制酒箱构成，每一个箱子都是一个抽屉，抽屉上有各个知名酒庄的名字和标志。抽屉的把手不怎么明显，是用环形木塞做的，都被染成了相近的颜色。

萨姆拿出照相机，举起来，说：“可以吗？只是为了参考一下。”

“当然可以！”维尔勒走过去，以便被摄入镜头。他把一只手放在桌上，昂起头，做出一副尊贵的表情：优秀的酒窖管理人，在沉思时的一个珍贵瞬间被镜头捕捉了下来。

萨姆对他咧嘴一笑：“您以前也接受过类似的邀请吧。”

维尔勒摸摸他的小胡子，换了个姿势，这次他将身体靠在桌边，双手交叉。“是的，有一些葡萄酒杂志，他们通常喜欢迎合大众所谓的看点。”

当萨姆拍照时，索菲在研究另一种人类的兴趣，她发现墙上几乎挂满了用相框装着的照片，都是维尔勒和一些名人访客的合照，有电影明星、足球运动员、流行歌手、时尚设计师、模特，以及其他知名来客。墙上还挂着圣埃米利永骑士会和勃艮第品酒骑士会的证书。在一个较显眼的位置上，有一封来自爱丽舍宫的感谢信，上面有法国总统的签名。和他的老板勒布耳一样，维尔勒似乎也很乐意抬高他自己的身价。

看完这些杂乱的展品，索菲停在了一个又长又宽的壁橱前，里面收藏了很多 19 世纪的从未开封的酒，酒瓶上的标签已经褪色了，上面还沾有污渍，里面的液体混浊而又神秘。索菲的眼球被一瓶曾经的波尔多白葡萄酒牢牢吸引，那是一瓶 1896 年的格拉迪尼昂，残存的液体下面是五英寸厚的沉积物。维尔勒从镜头前抽身，带着萨姆到索菲那儿。

“这些是因为我的感情用事得来的。”他说，“我在跳蚤市场发现了这些酒，难以抗拒。当然已经不能喝了，但是非常漂亮，你不觉得吗？”

“太棒了！”索菲说，“那个也很好看。”她指向一个小小的立在角落的铜制蒸馏器——把葡萄汁蒸馏成白兰地的器具。“看那个，萨姆。加利福尼亚州有吗？”

萨姆摇摇头。“只是用来展览，还是它仍能使用？”

对于萨姆的话，维尔勒故意表现出一副震惊的样子：“先生，我看上去像一个罪犯吗？我想想，自从 1916 年起就不允许私人蒸馏葡萄酒了，就是你们所谓的非法酿酒。”他眨眨眼，为想到那么一个合适的英文表达而得意地笑了笑。“现在，我来给你们演示，在我的小天地里如何不迷路。”他走回办公桌旁，对着桌子后面墙上的地图比画起来。

地图大概有十八英寸高，三英尺宽，是一张手绘的酒窖俯瞰图，每条街的名称都用铜板体的文字清晰地标出。地图四周，在简易的镀金框里边，是一圈彩色的微型瓶塞钻，每一个的手柄都不一样，有一些形状很奇特——心脏、狗、法国国旗、鸟嘴等等，其他则是比较常见的艺术样式了。地图的一角有落款，日期用罗马数字书写着。

“这太棒了！”萨姆说，“这将是很棒的环衬页。”

索菲虽然不知道他在说什么，但也明智地点了点头。“好主意。”

维尔勒看上去有些困惑，萨姆给他解释道，有些书，尤其是精装版的，通常都会在封面内页和封底上设计一些装饰图案。“你的地图放在一本关于酒的书里再合适不过了！”他说，“上面那些街道名和瓶塞钻，你该不会碰巧有复印版的吧，有吗？”

维尔勒眨眨眼，冲向他的办公桌，打开最底下的一个抽屉，拿出一卷东西，然后展开放在桌子上给他俩展示。“这是我们在给原版上框前复印的，我们把它作为纪念品送给来酒窖品酒的勒布耳先生的朋友。多讨人喜欢啊，不是吗？”他卷起地图，递给索菲。

维尔勒看着手表，对他们做了个鬼脸，打断了他们的致谢。“天哪！一早上就过去了？我在马赛还和人有约呢。”他将他们带出办公室，“你们午餐后一定要再来。”

维尔勒爬上高尔夫球车，让索菲和萨姆也跟上。“假设你是一箱酒，”他对萨姆说，“今晚是你的荣誉之夜，你要让勒布耳先生的客人大吃一惊，要让他们无法控制地狂呼。”他发动高尔夫球车，向宫殿大道出发。

“听上去很有趣。”萨姆说，“我是一箱红葡萄酒还是白葡萄酒呢？”

“任选其一，”维尔勒说，“或者两者皆可。这无关紧要，重要的是怎么到达餐厅。”到达路的尽头后，他把车停在酒窖的门前。“你们看，”他从车上下来，“这儿有另一扇门。”他指着嵌在墙里又矮又窄的门，就像一个魔术师发现帽子里不只是一只兔子，而是两只兔子一样。他拉开门，同时退后。“看！特制美酒升降机。它可以直接升到厨房，没有任何晃动，也没有爬楼梯时的头晕。酒安然轻松地迎接它们的命运。”

“我们叫它送菜升降机。”萨姆说。

“的确就是。”维尔勒说。下意识地重复了一下萨姆的话，“送菜升降机。”他又看了一下表，往后退了一下，“我们下午三点见好吗？到时在大门口那儿见。现在告诉你们一个在老港吃午餐的好去处。”

索菲和萨姆交换了一下眼神。“典型的马赛菜肴？”索菲问。

“不是的，亲爱的女士，是一家寿司店。”

第十六章 “我饮下星星”

事实上，无论他看向哪儿，每一种酒都很多，萨姆想一个人怎么可能在死前喝完那么多的酒，也许勒布耳家族中虎视眈眈的下一代正排队等着继承呢。

他们决定放弃去街边那家昏暗拥挤的寿司店，转而前往莎玛丽丹百货公司的露台，在阳光下吃三明治，到那里只要从港口过条马路就行。不一会儿，一瓶桃红葡萄酒和两份黄油火腿三明治便奉上，他们一早上都在寒气很重的地下室和酒打交道，现在终于又觉得温暖起来了。

这是一次有趣的参观。尽管维尔勒一直在出风头，一个劲儿迎合索菲传统的波尔多式品位，但他的确在管理着一个顶级酒窖，它布局漂亮，里面不见任何蜘蛛网。他对他们不能再热情了。然而，他们也一致认为，维尔勒似乎有点帮过头了。他就像一个过分热心的服务员，从不把他们晾在一边。他一直回头看着他们，沉浸在着迷于一种葡萄酒或另一种葡萄酒的喜悦中，并且时不时善意地开一下玩笑。而索菲和萨姆需要解决的问题是，从成千上万瓶酒中找出五百瓶酒，这需要长达数小时的时间和高度集中的注意力。用一下午或许可以，他们还需要地图引导，但即便这样，也并非易事，并且维尔勒的陪同一点忙都帮不上。

萨姆倒了两杯酒，颜色比洛杉矶当季流行的桃红葡萄酒要深些，和三明治里烟熏火腿的粉色倒颇为相配。他举起酒杯对着太阳，小酌一口，含在口中品尝，是夏天的味道。在与酒中贵族一起度过一个早晨后，喝些简单醇和的好酒——没有纯种一说，没有著名年份，更没有昂贵标签，仅仅是一瓶简单的酒就让人神清气爽，难怪是普罗旺斯人最喜欢的酒。

“你知道吗？”他说，“我们下午回去后，最好分头行动，一个人可以留在白葡萄酒那边，另一个人去看红葡萄酒，维尔勒不可能同时出现在两个地方。觉得怎样？”

索菲想了一会儿，点点头。“我负责白葡萄酒吧。”

“当然可以，不过有什么特殊原因吗？”

“你要找的大部分酒都是红葡萄酒，你肯定不想让维尔勒看着你做笔记拍照吧。还有，我来自波尔多，我懂红葡萄酒，但对香槟、白勃艮第就不怎么了解了，所以要求维尔勒给我解释就自然而然，他喜欢说话，显摆他知道的一切。今天早上你也看到了，我确定只需给他一点点鼓励就行。”——她举起手，用食指和大拇指比画出一英寸左右的长度——“我相信，他会跟我聊一下午的。”她笑着从墨镜上方看着萨姆。

“你很享受这种礼遇，不是吗？”

“从某种程度上，非常享受。这比保险行业有趣多了，就像一个游戏。”索菲耸耸肩，“但我不确定我是不是希望咱们赢。你懂我的意思吗？”

萨姆很明白，过去有两三次，他也曾卷入一些案件中，出于这个原因或是其他，他常常同情罪犯。“是的，我知道你的意思，勒布耳和维尔勒看上去都是好人，”他咧嘴一笑，“但是，好人也有可能是罪犯，看我，我以前也是。”

索菲对萨姆的自我揭露十分吃惊，好像萨姆刚刚告诉她他曾经是职业足球运动员。不过毕竟他是美国人，一切皆有可能。“还怀念你的骗子生涯吗？”

“有时吧。”萨姆坐回椅子上，看见一个老人慢慢地穿过马路，并用他的拐棍提醒着来往的车辆。“当你作案时，会有一种强烈的存在感，非常强烈。我猜是冒险因子和肾上腺素的作用。我以前很喜欢做计划的阶段，策划出一项漂亮的任务——步步为营，付诸实施。不使用枪，没有暴力，也无人受伤。”

“除了可怜的保险公司。”

“是的。但凡你能找出一个可怜的保险公司，我就能给你找出圣诞老人还活着住在佛罗里达州的证据。但是我懂你说的，总会有一个受害者。”他想到了丹尼·罗斯，但唤不起一丝同情。

索菲给菲利普打了电话，告诉他最新情况，然后他们把最后一些酒喝完，又猛灌了几口咖啡，直到该返回法罗宫的时候他们才起身离座。到了傍晚，他们就会知道是在浪费时间，还是正在破获一起典型的远距离犯罪案件，一起跨国案。这起案件不仅作案思路清晰明确，而且是颇受青睐的经典手法，一下就回到了那个简单的时代，那时候小偷不会借助非凡的电子产品，也不利用律师扭曲事实的才智。最后当他们站在太阳底下等出租车时，萨姆检查了一下他的口袋：地图、相机、备用电池、笔记本、失窃的酒的清单。三五分钟后，他们将一切准备就绪。

“寿司如何？”维尔勒没等他们回答，将他们让进办公室。“我把整个下午都空出来了，我归你们啦。”他充满期待地昂起头，索菲看到机会来了。

“有太多要看的了。”她说，“太多了，我们想还是一人看一半好了，我选白葡萄酒，但有个条件。”她久久地盯着维尔勒，萨姆觉得她正在眉目传情。“我是从波尔多来的，对红葡萄酒很了解了，然而对香槟、勃艮第和苏玳这样的白葡萄酒，我只知道名字，其他就一无所知了，怎么说呢，它们是我的知识盲点。所以，我希望你可以……”她的声音变得越来越小，眼睛一直盯着维尔勒，维尔勒不自觉地直起肩膀，抬起手轻抚他的小胡子。

“亲爱的女士，没有比和一个热情的同伴分享我那仅有的知识更让人觉得愉快的事啦。”他朝门口走去，就像一个肩负着神圣使命的人，“我建议我们从香槟开始，以依坤结束，和享用一顿文明晚宴的顺序一样。”萨姆觉得这肯定是维尔勒教授的一贯介绍顺序，他以前做向导的时候也常常如此。

他们出了门，维尔勒突然停下，转向萨姆。“但是我好像遗忘了我的另一位客人了，你一个人不会觉得孤单吗？不会迷路吧？你确定吗？”

“我有你的绝妙地图，还有那么多好酒与我做伴，我不介意一个人工作，别担心，我会照顾好自己。”

维尔勒无须被说服。“好。现在，亲爱的女士，你要是跟着我，我们可是要立马没入香槟酒堆里去咯。我肯定你一定已经听说过香槟是修士唐·培里侬发明的，当品尝这神圣的发明时他说‘我饮下星星’，没有比这更好的描述了。他很长寿——活了七十七岁，我相信，那验证了香槟的药用价值。更不为大家所知的是这个伟大的修士和邻近的一位修女间那段不寻常的关系……”领着索菲离开时，维尔勒的声音起起伏伏，但从未中断。索菲是对的：维尔勒喜欢聊天，并且他喜欢一个漂亮的听众。

最终，萨姆完成了调查，用的时间远比预期的短，困难也少很多。酒窖的地图给他提供了一条颇为有益的捷径，引导他首先来到马赛大道：1953 年的拉菲，1961 年的拉图，1983 年的玛歌。这些葡萄酒的藏量都很大，令人叹为观止，它们的年份都用粉笔写在石板上，用以区分每箱酒或不同的储藏间。维尔勒已走出很远，萨姆几乎听不见他的声音了。萨姆拿出一瓶拉菲，轻轻把它放在砾石板上，标签朝上。他屈膝蹲着，从酒的上方拍照，拍完后检查照片上酒的名称和日期是否清晰，然后再把酒放回去。他还拍了拉图和玛歌，目前一切进展顺利。

然后，他在地图上寻找圣埃米利永大道，就在庞玛洛旁边，反映了这两个葡萄园实际的地理位置。那儿还有很多 1982 年的飞卓。事实上，无论他看向哪儿，每一种酒都很多，萨姆想一个人怎么可能在死前喝完那么多的酒，也许勒布耳家族中虎视眈眈的下一代正排队等着继承呢。萨姆希望是这样，要是这么壮观的收藏被分散拿去拍卖该会令人多么扼腕痛惜。

他走到隔壁区域，这里放的是庞玛洛产区的酒。底下的箱子装的是 1970 年的大瓶装柏图斯，他数了一下，一共二十瓶。依照勒布耳的标准，这个数目是相对较少的。萨姆一手扶着瓶盖，一手托着瓶底，双手将大瓶装的柏图斯放在砾石板上，欣赏着标签上方华丽的图案。艺术家在酒的标签上描绘着圣人彼得的肖像，还有他的钥匙——那是通往天堂的钥匙。或者，像大家说的那样，通往酒窖的钥匙。

拍完照后，萨姆有些不情愿地把酒放回箱子里，心情有些复杂，但很满足。他找到了清单上所有的红葡萄酒，并且握有证据。只剩下1975年的依坤，它在酒窖的另一边。

他回到主干道上，想确定下索菲和维尔勒的香槟之旅正进行到何处。从维尔勒说话的音量可以判断，他们还在科通－查理曼和夏布利之间的某处，这些酒就像起伏的小山丘，绵延不绝。依坤是清单上的最后一种酒，他还有时间。

萨姆有一种他正在非法进入别人领地的荒谬感觉，他穿过主干道来到放依坤的区域，这儿是酒窖最后面的一个区域，就在维尔勒的办公室前。

萨姆在做功课的时候知道，依坤常被认为是世界上最贵的酒。历史上它曾吸引了很多爱慕者，包括托马斯·杰斐逊、拿破仑、俄国沙皇、斯大林、罗纳德·里根，以及查尔斯王子，他们所有人都被它那闪闪发光的金黄色泽和甘醇滑腻的口感吸引。这种酒每年的产量不到八万瓶，还不及波尔多葡萄酒年产量的九牛一毛。并且，它可以一直保存。一群幸运的品酒家打开了一瓶1784年的依坤品尝，最后得出的结论是，即使过了二百年，它依旧完美。

勒布耳收藏的依坤或许是这个令人眼花缭乱的酒窖中最引人注目的收藏了，不是因为数量——不超过一百瓶，而是酒的年份跨度：有些年代非常久远，从 1937 年开始，到 1945 年、1949 年、1955 年、1967 年，最近的年份是 1975 年。萨姆选了一瓶进行拍照，刚把它放回去，和其他 1975 年的摆在一起，他突然僵住了，维尔勒的声音听上去很近，这让他很不自在。

“夏布利当然是世界上最著名的白葡萄酒之一了，但是到处都有这种酒。”

“啊？！”索菲说，她努力让自己的声音听上去十分惊讶并且沉醉其中。

“没错。但现在我们这儿的是最好的，都产于特级酒庄，来自小镇北边的山上，例如，这瓶产自利贝斯葡萄园。”萨姆甚至能听见酒被拿出箱子的声音。“这瓶酒在杯子中会呈现出极其迷人的金色，或许还带些许淡淡的绿色。”酒又被放回到箱子中，维尔勒又拿出另外一瓶。萨姆屏住呼吸，踮着脚走出依坤区域，走到路的另一边，回到安全的红葡萄酒区。维尔勒和索菲十五分钟后在那儿找到了他，他正在研究庞玛洛，相机已经放回口袋，手上只拿着笔记本。

“啊哈！”维尔勒叫道，“你的同事，他在那儿，正努力工作呢！多勤劳啊，不是吗？我希望他发现了一些有趣的东西。”

“太棒了！”萨姆说，“完全难以置信，这儿的收藏令人惊艳。”

“但是你应该看看白葡萄酒。”索菲说，“勃艮第！依坤！维尔勒先生刚才给我普及的那些知识将让我受益终身。”

维尔勒扬扬自得。

“我等不及了。”萨姆说，“但我觉得今天已经占用维尔勒先生太多时间了。我能请您再帮我们一个大忙吗？我们能再来吗？”

“当然。”维尔勒从他的口袋里掏出了一张名片，“这是我的手机号码。哦，我差点忘了，勒布耳先生从科西嘉打了电话来，确保你们拿到需要的所有素材。”

索菲和萨姆说了很多动情的感激之词，维尔勒彬彬有礼地推辞着。他们在暮色中离开了酒窖，很快就被淹没在傍晚的阳光中了。

回酒店的路上，萨姆和索菲几乎没说话，都在回想在过去两个半小时里看到的一切。

“菲利普说他在这儿和我们碰面。”他们到达酒店车道时，索菲说，“他一定迫不及待地要听我们的发现了，他说这就像一个侦探故事。”

萨姆突然停下来。“他和这儿的警察有联系吗？实质的联系。他会偶尔跟警察小酌几杯吗？”

“我肯定他们记者都会这样做。看，他已经在这儿了。”索菲指着菲利普的黑色小摩托，它有一半被灌木丛挡住了，那是用来排列车辆的。“你为什么问起警察？”

“只是突然闪过的一个念头，但我觉得也许我们会用到他们。”

第十七章　警察

萨姆回到酒吧重新加入菲利普和索菲，同时脑子高速运转着，他感到了那种熟悉的兴奋和急切，当工作变得有趣时他总会有这种感觉。

菲利普正在打电话，他在大厅中来回踱着步，空闲的那只手上上下下、来来回回地舞动着，就像在指挥一支隐形的交响乐团。他的着装一如往常，还是那套二手军装，旧款的作战夹克背部印着血红的大字“地狱之轮”。看到索菲和萨姆，他当即挂断电话，把手机放回口袋前几乎都没顾上说声“再见”。萨姆常常注意到滔滔不绝的法国人在结束一通电话时总是特别急迫，甚至是粗鲁。他们道别时从不拖泥带水，这对于一个健谈的民族而言倒颇为奇特。

“哎呀！哎呀！”菲利普表现出十分好奇，漫不经心地轻吻了索菲的两颊后旋即转向萨姆，“你们找到什么了？”

“收获颇丰，”萨姆说，“我会把一切都解释清楚的，不过我得先回房拿点东西。你们能先在酒吧里坐一会儿吗？我马上就回来。”

五分钟后，萨姆与他们会合了，手里多了一沓文件——那是他的笔记、勒布耳的档案和他从洛杉矶带来的一小袋材料。他把文件放在桌上，把照相机搁在了那堆文件上。

菲利普自觉地招待起了他们。“索菲告诉我你喜欢桃红葡萄酒。”

说着，他从冰桶里拿出一瓶塔维勒给他们斟满。“这是蒙多利酒庄出产的。”他从指间变出一束花，低头吻了他俩，“别光顾着喝酒不说话。”

“谢谢。好吧，咱们先来听听好消息：我们正在搜寻六种特定年份的酒，而我见到它们了。全都在那儿，托索菲的福我还拍到了照片。”萨姆拍了拍照相机，“不过别高兴得太早。这的确是好消息，但也只是个开始。问题是除了依坤之外，每种酒都曾生产过十万多瓶，光是那个酒窖就有八万多瓶。也就是说那几个年份的酒可不少，这些年勒布耳的酒很有可能是合法正当地搜罗来的，对吧？不过，如果维尔勒像打理酒窖一样严格做记录的话，所有交易都会有凭据留存。不过到这里我们又碰上了一个新问题：我们不可能在隐藏目的的同时要求查看那些凭据。同时我们绝对不能大意，勒布耳如此成功，他可不是个笨蛋。如果他真的是我们要找的人的话，我敢打包票他一定准备了全套掩人耳目的假文件，以证明他的葡萄酒交易童叟无欺。他的交易可能是通过在列支敦士登、巴哈马、香港或是开曼群岛的账户进行的。这世上有不少小公司可以提供任何你想要的文件——只要你肯付钱，然后他们就从人间蒸发了，要追踪他们可能得花上好几年。问问国税局你就知道了。”萨姆停下来，尝了尝自己的酒。

菲利普显然有些泄气。“所以这事就到此为止，”他说着叹了一口气，“没有下文了？”

“事情还没完呢。”萨姆开口道，脸上带着笑容，“这一整天我都觉得有些地方不太对劲儿，现在我想起来是什么了。”他翻着面前的文件，从里面抽出一张照片，“这是《洛杉矶时报》上关于罗斯的藏酒的报道，又被在全世界发行的《国际先驱论坛报》转载了。所以全世界的葡萄酒爱好者——包括咱们的‘好朋友’勒布耳——都能看到。”他指向那张重要的照片，有些模糊但仍能辨认出图像，“这就是罗斯。看清他拿的是什么了吗？”

菲利普盯着照片。“那是柏图斯，看上去是一大瓶。”

“没错。能看清标签上的日期吗？”

菲利普拿起照片。又仔细看了看。“1970 年？”

“又答对了。那是被偷的藏酒中的一瓶，罗斯用双手捧着它，就好像他的命根子似的。那个酒瓶上一定布满他的指纹。指纹这玩意儿是这样的：在潮湿的环境下最易保存，而勒布耳的专业级酒窖里的湿度一般保持在 80%，正是指纹保存的完美湿度。在那样的条件下，玻璃上的指纹能保存数年。如果我们走运的话，没人会擦拭那么多的酒瓶，如果我们在勒布耳酒窖里的大酒瓶上发现了罗斯的指纹，我认为那可以作为盗窃的证据。”在座的人都沉默了，慢慢消化着这个信息。“萨姆，还有一件事。”索菲在勒布耳的档案中搜索着。她抽出一张照片，照片上勒布耳装腔作势地站在他的私人飞机前面。“我是在和维尔勒查看藏酒的时候想起来的。想要不使用货轮将大批量的酒从加利福尼亚州运到马赛，有架自己的飞机不是更方便吗？”萨姆摇摇头，对自己遗漏了这么明显的线索而有些生气。“当然了。一般私人飞机都能享受贵宾待遇，离开美国的手续没那么烦琐，英雄衣锦还乡回到马赛说不定什么程序都不用走。”他朝索菲咧嘴笑了笑，“你越来越专业了。能看清飞机注册号吗？”

三个人凑近仔细端详起照片。勒布耳位于照片前景，双臂抱胸，身着深色西装，看上去既严肃又职业，像个马上要出发去环游世界的工业巨擘。身后是他的私人飞机，光彩熠熠，白色机身上印着几个黑色大字——“勒布耳集团”，机尾的图案则像是流线型的法国国旗。不知是有心还是无意，这张照片的取景构图方式使得飞机的所有注册信息都藏在了勒布耳身后。

“我觉得看不清也没关系，”萨姆说，“有公司名大概就够了。”

“对什么来说够了？”菲利普恢复了神采，此时正坐在椅子边缘，身体前倾，作战靴在地上轻快地打着拍子。

“任何经过美国领空的飞机都需要提交飞行计划，包括出发时间、目的地、预计到达时间等信息。详细信息都在电脑上有记录，我敢肯定那里面也会有公司名称。”萨姆看了看表，现在马赛当地时间刚过下午六点，加利福尼亚州则是早上九点。“我在洛杉矶认识一个人，他也许能帮到我们。我看看他在不在。”萨姆站起身，想找个安静的角落打电话。“菲利普，我走开的时候你能回忆整理一下你认识的马赛警察吗？那种乐于助人型的。我们会需要这样一个人的。”

博克曼中尉接起电话，对着话筒咕哝了些什么——听起来恶声恶气的，像是消化不良似的焦躁不安，他一定是摄入了过多咖啡因，而且工作超时、睡眠不足。

“听上去过得不错啊，博克曼，你还好吗？”

“我听上去怎么样我现在就什么样。你他妈的在哪儿呢？”

“马赛。听着，博克曼，帮我个大忙。嗯，或许是两个。”

一声无奈的叹息。“我还以为你是要邀请我吃午餐呢。好吧，你想让我做什么？”

“首先，我需要丹尼·罗斯的全套指纹。我可能已经找到他的酒了，但还需要证据。你手下有人今天能去一趟他的办公室吗？”

“为了丹尼·罗斯？开玩笑吧？他们可不会排队报名白干这事。不过我会尽力。第二件事呢？”

“这件有点难度。我想知道一架勒布耳集团的私人飞机是不是在去年圣诞夜到新年前夜之间离开了洛杉矶。”

“然后呢？机型、注册号、出发地点是什么？”

“这就是问题所在。我不知道注册号，也不清楚它到底是从哪个机场出发的。不过我猜不会离洛杉矶很远。”

“棒极了。你的猜测可帮了大忙了。上次我查的时候，加利福尼亚州可有大大小小九百七十四个机场呢。而你想让我告诉你在七天间某架注册号不明的飞机是不是从这九百七十四个机场中的某一个起飞了。你是不是还想知道那位飞行员的高尔夫差点指数和亲属信息？要不要他的血型？”

“博克曼，你喜欢接受挑战，你自己也知道，而我愿意投你所好。等我回去，我们可以去扬特维尔的法国洗衣房餐厅共进晚餐。想想，有抹布鹅肝，我的朋友，还有小块鹿肉，什么都行——菜单上的酒也随便你点。你点菜，我埋单。”

安静的气氛弥漫开，博克曼沉思不语，萨姆似乎可以隐约听到他的味蕾被引诱着颤抖起来的声音。“让我们把话说清楚，”中尉说道，“你是在试图向一位洛杉矶的警察行贿吗？”

“我猜是吧。”

“英雄所见略同。好吧，把你知道的关于那架飞机的具体信息全都给我，还有你现在的地址。我会把指纹和找到的东西全部快递给你。情况紧急吗？我问了个傻问题，在你这儿什么事都很紧急。”

萨姆回到酒吧重新加入菲利普和索菲，同时脑子高速运转着，他感到了那种熟悉的兴奋和急切，当工作变得有趣时他总会有这种感觉。下一步关键要看菲利普，毋庸置疑他热切地想要帮上忙。但是他找到联络人了吗？必要的时候他又能否使出撒手锏呢？

萨姆走到桌边时向他们竖起了大拇指。“只要凭借一点点运气，我们明早就能拿到罗斯的指纹了，说不定还会有一些关于勒布耳的飞机的信息。”萨姆坐回座位，伸手拿起自己的杯子，“现在该你出场了，菲利普。借此你可以挖到一篇独家新闻。”菲利普竭力使自己看起来严肃而坚决。萨姆喝了一大口酒，然后继续说道：“接下来我们要做的是在柏图斯的大酒瓶上找到指纹。那用不了多久，最多一个多小时吧。但这事不能由我来做。如果需要将指纹作为证据的话，取证必须由专业人士完成。也就是要由警察来做。”他挑挑眉毛，看向菲利普，“我们还需要不让人起疑，也就是瞒着维尔勒把指纹专家带进酒窖再带出来。如果他有一丝怀疑，我们最好立马打包走人。”

菲利普在椅子上坐立不安，伺机见缝插话。“警察那边可能没什么问题，”他说，“我有个联络人，好几年的交情了。”他斜眼看向远处，拨了拨头发，“那时我在调查同盟的不法勾当，那是一群科西嘉岛的男孩，有点像当地版本的黑手党。报社总是喜欢不时地盯着他们。无论怎样，他们的勾当也就是那些司空见惯的罪行：毒品交易，偷渡北非人，在码头敲诈，在市区收取保护费，等等。

“那时候他们常去一家俱乐部，在那儿挥金如土，勾搭女孩子。

当然他们不仅挥霍钱财，也在那儿进行可卡因和海洛因的交易。”他停了停，灌了一大口酒。

“那儿有一个女孩，很是可爱纯真，却错付真心，被那男人引诱至海洛因上瘾。我常在俱乐部里见到他们，她可真是一团糟。更糟的是他对待她的方式。”菲利普扮了个鬼脸，摇摇头。“万事俱备，正当我让警察介入，打算赚一篇重大报道时，发现了一件事，让我动摇了。原来那女孩的爸爸是个警察——他是马赛警察局的督察长。可想而知这会是篇多么夺人眼球的报道啊。

“不过我还是决定不做那个报道了。我说服那个女孩，带她去了我朋友开的一家诊所，然后去见了她爸爸。他叫安德雷，人很好。我们每年都会出去吃几顿饭。也不能说我们有多亲近啦，但我在他那儿说话还是有点用的。”

索菲从未见过她这位有点离经叛道的表哥的这一面。“棒极了！菲利普。”索菲说道，“干得好。后来那女孩怎样了？”

“结局还不错。她嫁给了在诊所遇见的一个医生，我是他们女儿的教父。”菲利普惊讶地盯着自己空空如也的杯子，仿佛里面的液体趁他没注意大肆蒸发了。

萨姆又给他倒上酒。“你觉得他会借位鉴证专家给我们吗？就一小时左右。”

“我可以问问。不过他一定会想知道个中原委，到时候不得不告诉他。”

萨姆耸耸肩。“没问题。我们又不是真的要做什么违法的事。你可以告诉他这就是个常规调查，是一家光明正大又小心谨慎的保险公司实施的例行程序。因为我们不想引发不必要的不愉快和尴尬，所以觉得无须麻烦勒布耳。你觉得他会相信吗？你可以向他保证绝不会有盗窃行为，也不会是非法闯入。”萨姆顿住，斟酌了一下，“只要把维尔勒引开几小时就不会有非法入侵的情况发生了。那也是下一个任务。有什么好主意吗？”他向索菲和菲利普举起酒杯，“向灵感致意。”

随后他们互相道别。索菲想先去办公室报个到，然后点个客房服务，早早休息。菲利普想看看安德雷督察长是否在家。萨姆心中有点五味杂陈，准备再打个电话回洛杉矶，向伊莲娜·莫里斯汇报一下事情进展。他们之前的交流显然结束得不太愉快。萨姆觉得是时候改善一下和她的关系了。

拨通伊莲娜的电话后，迎接萨姆的是简短生硬的问候。现在他知道不合时宜地做电话销售的糟糕感觉了。他深吸了一口气。

“伊莲娜，我希望你能听我说完。首先，我不想让你误会我和索菲·考斯特之间的关系。她帮了我不少忙，有些想法很不错。”这感觉像是在对着西伯利亚说话，但至少她没挂断电话。“你在她的简历上没有看到的是她计划在今年秋天结婚，和一个来自波尔多名字叫阿诺德的中年人，那个中年人的母亲健在，还养了两只拉布拉多，一只叫拉菲，一只叫拉图。哦，显然他还有个酒庄，不过不是很大啦。”

“你打电话就是想告诉我这些？”

萨姆探测到一丝转变了的气氛从电话那头传来。“某种程度上来说，是的。我的意思是我想澄清一下，我不想让你觉得我在……你懂的……”

伊莲娜半晌没回应，这令他惴惴不安。“好吧，萨姆，你的目的达到了。”她听来几乎算得上友好了。“那么，你那边进展如何？”

“大有希望。只需几天就可尘埃落定了。”萨姆向伊莲娜讲述了从第一次见到勒布耳之后的所有事情：和维尔勒在一起的那一天在酒窖里的发现，打给博克曼中尉的电话，还有菲利普为解决获取指纹的问题所做的努力。“换句话说，”萨姆在接近尾声的时候说道，“进展良多，但仍无实质性的证据。还不足以使罗斯欣喜若狂。”

听到客户的名字，伊莲娜用西班牙语说了些什么，听起来短促尖锐，可不像是褒扬。

“我想你说得完全正确。”萨姆说，“你知道的，你应该摆脱他，放几天假，宠爱一下你自己。他们说巴黎的春天很美。”

“记得告诉我指纹的事。还有，萨姆，”她的声音变温柔了，“谢谢你打来。”

她挂断了电话。两人的外交关系已重新确立。

第十八章　指纹

如果指纹吻合，他该怎么做？与维尔勒对质？报警？把难题丢给伊莲娜和诺克斯保险公司的人？采取上述所有措施？还是什么都不做？

菲力克斯小屋酒吧位于一条不起眼的小路边，宽敞整洁，它距离主教大街上的马赛警察总部仅两分钟脚程。由于位置优越，再加上老板是退休警察，长久以来警察们在和犯罪分子周旋一天后，最爱来这里寻求酒精的安慰。这家酒吧最特别的布局设置是它在最内侧辟出了三个小隔间，在那儿人们可以隐秘地讨论一些事情。菲利普和安德雷督察长正是在其中一个小隔间内会面的。

安德雷督察长身材精瘦，头发灰白，目睹了过多犯罪事件的双眼闪烁着警惕的光芒。他到达酒吧的时候菲利普点的东西已经上来了：两杯法国茴香酒、一大桶冰块和冰水以及一碟青橄榄。

“这是为你点的，”两人握手时菲利普说道，“你现在仍然喜欢理查德茴香酒吗？”

安德雷点点头，菲利普往他们的杯子里倒着水，杯中的浅黄色透明液体变得朦胧起来。“水够了，”他咧嘴笑道，“别把酒冲淡了。”

菲利普举起杯子。“为你的退休干一杯吧，”他说，“还有多久？”

“再过八个月两个星期外加四天。”安德雷看看手表，“再加上加班的时间。退休后，谢天谢地，我就能飞到科西嘉岛了。”他从口袋里拿出一张皱巴巴的照片放在桌上，照片上一座普普通通的石质房屋掩映在一片波光粼粼的绿色海洋之中，那是以房子为中心像车轴一般呈辐射状种植的橄榄树。“一共三百六十四棵。年份好的话，能产将近五百升橄榄油。”安德雷爱不释手地注视着自己未来的家。“到时候我就照顾着橄榄树，宠着我的外孙女，喝着帕特里摩尼欧的葡萄酒，吃着科西嘉香肠和羊奶酪。我还要养只狗，我一直都想养只狗。”他倚向椅背，双手环在脑后，舒展着身体，笑着想象着自己今后的日子。“不过我总觉得你见我不只是为了畅谈我退休后的生活。”他侧了下头。于是菲利普开始讲述整件事情。

事情讲完，杯中的酒也空了，侍者又端来了茴香酒和冰水。安德雷沉默地小口咬着一颗橄榄，等他离开。

安德雷开口时，声音低沉而谨慎。“勒布耳在这儿的势力有多大不用我提醒你吧。没人想惹火他。而且他也不算是个坏人，他爱出风头这是真的，不过这么多年他做的好事我也听说过不少。”安德雷用一根手指擦去杯底凝结的水珠。“而且，据你所说，我们也不能肯定他做了什么坏事。”菲利普身体前倾想要说些什么，安德雷抬起手阻止了他，“我明白，我明白，查指纹就是确定的途径之一。如果真的有吻合的指纹的话，那就说明……”

“那表明他可能有犯罪行为，不是吗？”

“我想是的。对，你说得没错。”安德雷点点头，叹了口气。他并不想被扯进这样的事情中去。插手权贵的事情，很有可能没什么好结果。而另一方面，他并不觉得自己可以对这件事睁一只眼闭一只眼。

很明显这件事疑云重重，而他对面坐着的这个男人是个记者，他可不会轻易放过这么好的素材。安德雷又叹了口气，那种面对他不愿做出的决定时发出的叹息。

“好吧，我来告诉你我能做些什么。我可以借一个懂指纹鉴定的人给你几小时，但你必须保证勒布耳和他的手下不会发现这件事，至少在我们验过指纹前不行。你能保证吗？”

“我觉得可以。我保证。”

“要是勒布耳打电话向他的老朋友警察局长抱怨我们滥用职权我就麻烦了，所以千万别搞砸。”安德雷从口袋里拿出一支笔，在一个啤酒杯垫上草草写下一个名字和一个电话号码，把它推向菲利普，“他叫格罗索，我们已共事二十年了，他可靠、敏捷，也很谨慎。我今晚跟他交代一下，你明早再打电话给他。”

“可能行得通，”萨姆说，“我是指如果是勒布耳的话，这绝对行得通。可是对维尔勒？我不确定。他严防死守得眼睛都不眨一下。”

索菲又从篮子里拿了一片面包，刮去盘子里最后一点浓郁的鱼汤——马赛的鱼汤馥郁美味。他们正在码头附近的一家海鲜餐馆享用晚餐。今晚的话题是弗洛里安·维尔勒——如何在调查酒瓶上的指纹时将他引出酒窖。

索菲的建议简单易行：由她去邀请维尔勒共进午餐，吃点特别的，以感谢他的帮助；萨姆会留在酒窖中，表面上是了解第一次参观时没来得及看的白葡萄酒，实际上是为取证人员指认那些可能是从罗斯那儿偷来的酒。

的确，这个方案的关键在于维尔勒会不会中美人计，索菲对此相当乐观。维尔勒可是法国人。诚如她所说，维尔勒这样背景和年龄的法国人从小就被教育要欣赏异性，要乐于与异性做伴，并在与异性打交道时要大献殷勤。她在波尔多认识好几个类似的男人——迷人、温柔、略为轻浮而不过分。他们是钟情于女人的绅士。也许他们从不会捏女士的屁股，但他们绝对会想象这一幕。对于和一个美丽女子共进午餐的机会，他们绝不会放过。

看向萨姆时，索菲被逗乐了。他正在和用墨液烹制的小墨鱼角力。从他胸前餐巾上的黑色污渍来看，墨鱼们可没乖乖束手就擒。

“萨姆，你的问题在于并不了解法国男人。你会见识到，这是可行的。我打个电话给菲利普，问问他皇宫附近有没有什么好餐馆。”她将自己的餐巾一角用冰桶里的水沾湿，递给萨姆，“拿去！你看起来像是涂了黑色唇膏。”她起身打电话给她的表哥，萨姆整理好后给他俩点了咖啡。

第二天上午刚过十点半，他们来到酒窖。维尔勒看上去正欢欣鼓舞，因为他在博恩的一位同事打电话告诉他他被邀请参加勃艮第品酒骑士会举办的晚宴。这是尊崇的象征，特别是晚宴上一切都将遵循经典。晚宴仅邀请二百位知名的勃艮第人，将会在协会总部所在地伏旧园举办。协会成员将为此隆重场合穿上正式的红色长袍。宴会的音乐由饮酒歌大师——欢乐的勃艮第人负责。而宴会上的酒，无须多说，必然是源源不断的顶级葡萄酒。

开心之余，维尔勒也因为要在宴会上进行演讲而略显担心，不过索菲叫他无须忧虑。“听你谈论葡萄酒，”她说，“就像在听优美的诗歌。听上一整天我也不会厌倦。”紧张的维尔勒还没从美人的恭维中恢复过来，索菲接着说道：“但是弗洛里安——请允许我这么称呼你——这件事来得太巧了，我正想邀请你今天与我共进午餐，以感谢你的帮助，现在看来还要为你庆祝一下。今天天气这么好，我们也许可以在佩龙餐厅的露台上享受午餐。你不会拒绝我，对吗？”这次萨姆可以确定，索菲向维尔勒抛了个媚眼。

维尔勒的确查了查自己的日程表，但显然被取悦了，没推托几下就答应了索菲。听到索菲说萨姆必须留下继续完成关于白葡萄酒的工作时，也只表现出了一丁点遗憾。

之后的两小时似乎过得特别慢。维尔勒带索菲去看了勒布耳引以为傲的葡萄酒收藏，他重点介绍了勃艮第酒，希望能从中为自己的演讲找到些灵感。与此同时，萨姆找到一个存放香槟的隐蔽角落打电话。

“菲利普？索菲说你找到能采集指纹的人了。我希望他是个便衣警察。”

菲利普轻声笑了笑：“当然啦，我的朋友。有句俗话说得好：欲成事，找记者。我今早和他通了电话，他已经准备就绪了。”

“今天我们也准备好了。午饭时间，十二点四十五分左右。可别来早了，可以吗？”

“我们怎么进去？”

“大门白天都是开着的，你们也不用靠近住宅，到酒窖前的卸货区就行，在车道左边有标志。我会放你们进来。还有，菲利普？”

“什么？”

“千万别坐警车来。”

阳光明媚、气温宜人，似乎很难找出比佩龙的露台更适合享受午餐的地方了。餐厅位于肯尼迪峭壁道的高处，这里有让人无法抗拒的美味海鲜、新鲜空气以及弗留利群岛和伊夫堡的壮美景观。这里的环境让人食欲大增，而且带着一种节日的氛围，瞬间唤醒了维尔勒身上的骑士精神。他挥手让侍者站到一边，在自己落座前坚持亲自拉开索菲的椅子，确保她舒服落座。

维尔勒搓着双手，深深吸入一口海边的空气。“真美妙，真美妙。亲爱的女士，这真是绝妙的选择。确实是无上的享受。”

索菲点了点头。“请叫我索菲吧。或许我们可以先来点香槟？然后必须由你来点酒，我想你一定知道当地人的最爱。”

如索菲所料，这引发了维尔勒对普罗旺斯地区的葡萄庄园的无尽介绍。“这里最早拥有葡萄的时间，”他这样开始道，“可以追溯到公元前600年，那时福基斯人建造了马赛。”接下来的时间，除去香槟和菜单上桌时的短暂停顿，维尔勒从卡西斯讲到邦多勒，从东边的帕莱特讲到了西边的贝莱，还对未受到足够重视的朗格多克进行了冗长的介绍。索菲想，这个人简直是本活的百科全书，她觉得他对于酒的热爱十分具有感染力，也挺讨人喜欢。

点酒时，维尔勒点了一瓶卡西斯干白来搭配海鲈鱼。索菲趁着这空当询问了维尔勒个人的事情以及他和勒布耳的交情。

维尔勒说他和勒布耳的故事具有悲剧的开端和美好的发展。三十五年前，勒布耳刚刚发家，他雇用了维尔勒的父亲做他那个小公司的财务总监，并和他成了好朋友。勒布耳的公司发展迅猛。小弗洛里安，是家里的独子，在大学里崭露头角，看起来前途一片光明。

那个美好的未来倏忽消失在马赛的一个冬夜。那一年，极为罕见的大雪降临马赛。道路上因为结冰变得十分滑，而普罗旺斯的司机们几乎都不知道如何在这种条件下开车。维尔勒的父母去看了场电影，就在他们驾车回家的路上，一辆卡车打滑，从侧面撞上他们的车子，将其挤向一面水泥墙。车内的两人当场死亡。

这场车祸改变了维尔勒的生活。勒布耳为他的朋友照看起了儿子。维尔勒早期对葡萄酒的兴趣得到了鼓励，勒布耳出钱送他去卡庞特拉的葡萄酒学院进修了六个月，然后他跟从勃艮第和波尔多的批发商做了一年学徒。在这一年中，这个小伙子显示出了高超的鉴赏力。之后的六个月，他又远赴巴黎向当时法国最好的膳食总管，传奇的赫夫·布尚学习，他的能力再次得到认可。经由布尚推荐，勒布耳决定聘请维尔勒做他的公司的酒窖管理员，并委托他组建全法国最高级的私人酒窖，并给予他慷慨资助。

“都是很久以前的事情了，”维尔勒说，“将近三十年了。如果没有他，我真不知道我现在身在何方。”侍者来为他们点最后一道菜时，他深沉的神情亮了起来。“如果你不介意的话，我们可以点上一杯与波尔多醇美的苏玳最接近的普罗旺斯本地酒来搭配甜点，博姆－德沃尼斯麝香葡萄酒。不知道是否引起了你的欲望？”

维尔勒的故事让索菲感到有些烦恼，她觉得自己开始祈盼勒布耳是无辜的。她的内心有一个微弱的声音对她说，就算他真是罪犯，他的落网也是件憾事。她偷瞄了下手表，不知萨姆那边进行得怎样了。

格罗索身材轻巧，着装整洁，带着一个黑色手提公文包，他告诉菲利普那是他的百宝箱。菲利普和他驾驶着一辆不起眼的车，在中午十二点五十分到达了酒窖，萨姆正在门口等候。这是菲利普第一次来酒窖，玫瑰红的穹顶下，一排又一排的酒铺展开来，这景象几乎使他说不出话。他只能不停惊叹“天哪”，格罗索则轻轻吹了声口哨。

萨姆领他们来到存放大瓶柏图斯的箱子前。格罗索看了看他们，从手提包里拿出一只卤素手电筒、几把刷子、一个扁平的黑盒子和一个小塑料罐。他咂咂嘴，活动了下手指。“所有的瓶子都要检查吗？”他看着萨姆，“所有这些瓶子？”萨姆点点头。“你需要DNA数据吗？”萨姆再次点点头。菲利普正忙着做笔记，他感觉自己的独家新闻正在成形，在这个关键时刻，他能记下越多细节越好。他靠近格罗索，想看清楚他在做些什么。

“格罗索先生，”他说，“我不想妨碍你，但是这太神奇了。你能透露一点关于你将如何进行操作的信息吗？”

格罗索并没有抬头看他，而是招手示意他靠近点。格罗索已经把第一个大瓶子放在地上，现在正在用手电筒的光线扫着瓶子。“首先，我用肉眼观察，”他说，“在表面寻找指纹。”他调整了一下手电筒的角度。“有些指纹只有在斜光下才可见。”他咕哝着放下手电筒，旋开塑料罐的盖子，把罐口倾向菲利普以便让他看清里面的东西。“片状金属粉末，这是铝粉，它最敏感也最轻盈。”他拿起一把刷子，画着圆圈取出少量铝粉，接着用刷子轻轻扫过酒瓶上有指纹的地方。“我们叫它和风刷，由碳纤维制成，刷头蓬松，最不易破坏指纹。”他打开黑盒子，拿出透明胶带，“现在我要用这个提取指纹。”他极其精准地移动手指，将胶带附于分散的指纹上，然后揭起胶带放在一块干净的醋酸纤维板上。“大功告成！看到了吗？有了这项技术，就没必要拍照片了。”第一个大瓶子被放回去，格罗索开始检查第二个瓶子。

萨姆一直在观察着，对他来说整个过程缓慢得让他备受煎熬。他拍拍菲利普的肩膀，轻声说道：“你能不能让他加快点速度？”

菲利普跪在格罗索旁边询问他。萨姆没听清他的回答，不过那听起来不像是个回答倒更像是在嘟囔。菲利普抬起头，咧嘴一笑，看着萨姆。

“他说：‘跳舞的人总不能比音乐动得更快啊。’我想那意味着我们应该让他一个人完成这项工作。”

萨姆告诉自己，光站在那儿看格罗索工作会使整个过程显得更为迟缓，于是他信步走向酒窖的远端。角落里，一大堆整齐摆放的纸板箱半隐在维尔勒的高尔夫球车后面，引起了他的注意。箱子上写着“勒布耳葡萄园，圣海伦娜，加利福尼亚州”，字体繁复华丽，他一直认为那是葡萄园的铜版印刷体。萨姆想起来维尔勒曾毫无热情地提到过勒布耳有一处位于纳帕谷的资产，于是他打开了一个箱子想看看维尔勒是如何标记他自己的美国酒的。但这个箱子是空的，下一个也是空的，再下一个还是空的。

萨姆打电话到酒店询问有没有给他的邮件，酒店回复说还没有。他拿出最大的耐心，回到了令人赞叹的科通－查理曼街，再次思索起过去几天一直萦绕在他脑海中的问题：如果指纹吻合，他该怎么做？与维尔勒对质？报警？把难题丢给伊莲娜和诺克斯保险公司的人？采取上述所有措施？还是什么都不做？

时间一分一秒流逝，感觉十分漫长，他再次看表时还不到两点。萨姆开始返回，去看看格罗索进展如何——只剩四个瓶子需检查了。

索菲说过，她和维尔勒离开餐厅的时候她会溜进洗手间打电话通知他们。

格罗索继续着手头的工作，镇定、冷静、有条不紊。

“这酒味道很不错，”索菲尝了一口博姆－德沃尼斯后说，“既不太甜也不太淡，口感很好。”她向维尔勒举了举酒杯表示感谢，维尔勒则对她的反应报以点头微笑。一如往常，他对这种酒的出身做了解释。

“历史学家告诉我们，这种葡萄的名字来源于意大利语，意思是麝香。麝香对于鹿来说十分重要。”维尔勒调皮地挑了挑眉，“它们用这种气味来——该怎么说呢——向雄鹿发出邀请。事实上，人类使用的香水中的麝香成分，也起到了类似的效果。”他拿起酒杯举到鼻子跟前，郑重地深深吸了一口气，“气味淡雅，很女性化——哦，是的，还有一丝麝香味。许多甜酒是加烈酒，但博姆－德沃尼斯不是，这使得它比其他麝香葡萄酒，例如弗龙蒂尼昂，味道更为柔和、细腻。”他抿了一口酒，向椅背靠靠，眼睛转向眼前的景色，接着又回到索菲身上。他看着自己的手表，不情愿地耸耸肩。

“我十分享受这次午餐。”他说，“完全不知道时间过得这么快。恐怕我们不得不回去了。”

“走之前再喝杯咖啡吧！”索菲说，“我去点咖啡，顺便去一下洗手间。”

关上隔间的门，索菲等着萨姆接电话并看着手表，刚过两点十五分。

“他检查完了吗？”

“正在收拾呢。再过五分钟，他们就可以离开了。你们再喝杯白兰地什么的。”

“就五分钟，萨姆。不能再拖了。”

事实上，喝完剩余的博默德弗尼瑟和咖啡，再加上结账，就花了他们将近十分钟。等他们回到酒窖时一切就和他们离开时一样，除了萨姆并无旁人。进门时他们还听见萨姆用口哨吹着《玫瑰人生》。

第十九章　困惑

整件事里有个问题一直困扰着我，那就是动机。

索菲和萨姆走路返回酒店，在他们身后，维尔勒的身影定格在酒窖门口，看到他们顺着车道穿过铁门他挥了挥手。

“午餐怎么样？”萨姆问。

“我觉得他挺受用。”索菲停止了在包里翻找太阳镜。“事实上，我很肯定他喜欢——我从来没有被人谢过那么多次。但是整件事让我很不安，你知道吗？他是个贴心的男士。而午餐其实是一个圈套。”

萨姆看到，在半空中有两只海鸥在争抢一些鱼的残渣。“要是维尔勒和勒布耳是一对浑蛋，你的想法会改变吗？”

“当然。”她转向萨姆，耸耸肩，“我知道，这不合逻辑。无论是谁犯罪，犯罪就是犯罪。”

他们继续向前走，两人都陷入思考，一路上保持着沉默。回到酒店，萨姆先去了前台，回到索菲身边时，他手里拿着一个联邦快递的信封。“这里面有我们所有问题的答案，”带着一丝惆怅的笑容，他说道，“也许没有。”

萨姆打开信封，拿出里面的东西，有一张手写的便条夹在一份洛杉矶警察局的官方文件上面，字迹潦草，一看就是博克曼匆忙写就的。

萨姆：

这是你要的资料。拿走它们的人非常失望，因为无须动用任何武力。要知道，罗斯不是他们喜欢的公民。

勒布耳集团名下的一架“达索猎鹰”系列飞机于12月27日离开圣巴巴拉机场，飞往肯尼迪国际机场，最终目的地是马赛。如果你需要飞行计划的细节，我们也可以提供给你。

祝你好运。

又及：我看了一下法国洗衣房餐厅的酒单。开始攒钱吧。

萨姆点点头，把纸递给索菲。“恭喜你——你已经被提拔为侦探了。看来你关于飞机的判断是对的。虽然这只是间接证据，但是时间十分吻合。”他把文件放回信封，拿出手机。“我们最好让菲利普知道这件事。”

格罗索放下放大镜，抬起头，眼睛离开他正在研究的印有罗斯指纹的文件。“样本完整清晰，”他对菲利普说，“应该没有问题，之后我告诉你。”他站起身，走向办公室。

菲利普难以掩饰他的不耐烦，也没办法控制他的脚，它们好像有了自己的生命，不由自主地敲击着地板。“你觉得什么时候——”

格罗索摇摇手指，打断了他。“这不是几分钟就能完成的，你期待的是一次清晰明了的匹配，是不是？”

菲利普点点头。

“清晰明了，”格罗索接着说，“那就意味着必须精确，不能够有任何怀疑的成分，否则就不能作为证据。我得确认它们匹配，而不只是觉得匹配。你明白吗？过程是需要时间的。”格罗索打开门，暗示这次会面该结束了，“总之，我一确定就给你电话。”

菲利普骑着他的小摩托，穿过老港附近混乱的车流，直奔山那边的索菲特酒店。他的脑子转得飞快，这是拼图的最后一块，如果指纹吻合，整个故事就即将浮出水面。当然，还需要一些审时度势的编辑工作，将散落各处的半遮半掩的事实串联起来。索菲和萨姆可能不想让他们的名字被提起，还有卷入其中的督察长安德雷。但是，这可以用新闻行业里常用的方法解决，抹去此类内容是合理的，只要援引一下记者的戒律：我们不应该披露信息提供者的姓名（尽管违背了另一条深受大众青睐的古老戒律：公众拥有知情权）。菲利普的乐观情绪顿增，一切都变得充满希望。菲利普心情大好，到达酒店门外时，潇洒地甩给惊愕的门童五欧元去帮他停车。

索菲和萨姆决定利用下午剩余的时间当一回游客。他们打车到守护圣母圣殿，一个在马赛占主导地位的教堂。当地人都称之为“慈祥的妈妈”，并为此建造了一座三十英尺高的雕像——裹着金箔的圣母怀抱圣子像。这个教堂收藏的感恩物件数量惊人，都是几个世纪以来，从大海里死里逃生的水手和渔民捐赠的，物品包罗万象：大理石牌匾、马赛克、拼贴画、比例模型、画作、安全带、旗帜、小雕塑等等，教堂的内墙都被这些东西覆盖住了。它们共同的主题就是感恩，一般表述都很简洁。“谢谢，慈祥的妈妈”这样的语句一遍又一遍地出现。

索菲发现这些纪念品不仅很吸引人，也很感人，让人想起死亡，提醒人们为生命庆祝。对萨姆而言，他与大海打交道的经历短暂而又不快，况且这些生动的纪念品还让他想到他有多不喜欢船。不仅仅是因为船上拥挤、潮湿，令人不适，还因为船那变化莫测的摇晃倾斜，更不要说还有下沉的可能。他打量了一会儿一幅引发他思考的画——画上是一艘行驶在巨浪中的快要倾覆的三桅船，之后便穿过人群，走向索菲。“陆地是不是很棒？”他低声说道，“我在外面等你，我担心再待久一会儿，我会晕船。”

在昏暗的教堂里待了一小时后，他花了一些时间来适应教堂外黄昏的阳光，又欣赏了一会儿周围的风景。虽然萨姆在马赛已经领略过了很多明信片上的景色——从酒店的各个角度或者从法罗宫勒布耳的起居室往外看的景色都是美不胜收——然而从“慈祥的妈妈”前的空地四处望去，景色还是再次令人屏住呼吸：往北是老港和篓筐老城；向西是具有19世纪风格的卢卡斯别墅和普拉多海滩；南边是波浪形的瓦顶，在阳光下闪闪发光，一直延伸到海的那边。他想知道勒布耳是否曾来到这儿，将此地风景和他在家里拥有的景色一较高下。此时，萨姆的电话响了。

“萨姆，你在哪儿？”菲利普的声音很小，几乎是耳语，但听上去情况很紧急。

“我正愉快地享受大教堂的美景呢。”

“好吧，赶紧回酒店，我们得谈谈。”

“怎么了？”

“格罗索刚打来电话。三个大酒瓶上的指纹和罗斯的完全相符，他说毫无疑问。”

萨姆不确定他是高兴还是失望，在回去的出租车上，他发现索菲的情绪也很复杂。但是回到酒店的时候，他们看到了一个从疑惑和担忧中解脱出来的人。菲利普坐在角落的一张桌子旁，桌上放着三个高脚杯和一只装满冰块的冰桶。瓶颈上闪着光的金箔标签毫无疑问是香槟的标志。

菲利普站起来，露出灿烂的笑容，就像他大大的张开的手臂。“所以，亲爱的，我们已经解决了问题，不是吗？我们现在有证据了。”他弯下腰打开香槟，小心翼翼地倒入高脚杯中，一一递给他俩。菲利普高举酒杯，身体前倾，面向萨姆和索菲，“祝贺我们！这对勒布耳来说，应该是个惊喜吧，嗯？哦，我忘记告诉你们了——在机场我也有认识的人，也许他可以帮我们找出去年十二月勒布耳的飞机从加利福尼亚州带走了什么。这多有意思啊，由一件事引出另一件，然后，所有的秘密都浮出水面啦。”

萨姆喝了一小口香槟，回应菲利普，说道：“整件事里有个问题一直困扰着我，那就是动机。一个人如果拥有了一切，就拿勒布耳来说，名声、金钱和一切标志事业有成之物。不断更换的热辣或者冷艳的女朋友、一座私家宫殿、一架私人飞机、一艘游艇——天哪，还有他余生都享用不尽的酒。”他停下来，看着菲利普，“他为什么这么做？为什么要冒这个险？”

“但是，萨姆，”菲利普摇摇头，“你不了解法国人。”

这是萨姆的知识缺失，在过去几天里，已经被指出很多次了。“是的，索菲已经告诉我了，所以？”

菲利普继续说："别忘了沙文是个法国人，是我们发明了沙文主义，有些人甚至可能误以为这是傲慢。"说到这里，菲利普皱了皱眉，好像很震惊居然有人这样想他的同胞。"我们热爱自己的国家、文化、料理乃至遗产。没人比我们的朋友勒布耳更热爱了，他一直为法国纳税，你已经在档案材料里看到了。他总是被全球化的恐惧包围，害怕法国的价值观被侵蚀，害怕法国的遗产落入外国人手中这样的悲剧发生——包括商业、财产，当然，还有我们最好的酒。要是看到波尔多的酒放在好莱坞的酒窖里，甚至遍布好莱坞各处，那对于他来说如鲠在喉，是一种冒犯，一种侮辱。当然，我们也不能忘记另一个因素，一个最重要的因素：光明正大的炫耀和挑战。就是如此。"菲利普自许地点点头，喝了一口香槟。

索菲和萨姆则看上去很困惑。"嗯，"萨姆说，"我不确定我是否接受了因为纯粹的爱国而盗窃的想法，姑且当你是对的。光明正大的炫耀和挑战又是怎么一回事？是不是法国人还有其他方面我不了解？"

菲利普向后靠了靠，看上去像一个十足的教授正待启发一个颇有慧根的学生。"不，这次不是。这次，富有的因素战胜了法国人的特质，对财富和权力已拥有多年使他滋生了一种感觉，他能得到想要的一切，做想做的所有事——大人物的癖好。他认为他可以不用只是沉浸在幻想里，而是可以付诸行动，要是出了乱子，他确定他的钱可以保护他。"菲利普的眼睛从索菲扫向萨姆，试图判断他们的反应。"我想你们会同意的，通常这就是真相。现在我们谈特定对象，我们的勒布耳。"

一群头发剪得很短的年轻商人走过来，坐在邻桌。他们身着深色西装，戴着特大号的手表。菲利普压低声音，以至于索菲和萨姆都不得不把身体前倾才能听清楚他说话。

“勒布耳快速地建立起他的帝国，生意都是由那些长时间和他一起工作过的人来经营。他信任他们，并支付高额的酬劳。作为回报，他们为他创造利润，年年如此。勒布耳集团就像一座钟表，里面的齿轮在有序地运转，众所周知。至于勒布耳本人，他都做些什么来消磨时间呢？他会参加几次董事会，仅仅也就是跟进一下，保持和大家的联系。除此之外，他还会接受采访，并举办几次高规格的宴会。他有他自己的足球队，还有游艇。但是挑战在哪儿？他已经全都做到了，胜利了，但最终厌倦了。我相信是这样的。”

萨姆点点头，他在加利福尼亚州遇见过几个亿万富翁也是如此。有些幸运的，能靠像美洲杯这样的复杂项目来分散精力；而另一些人，收购一个又一个公司，不停地换老婆，竞争力极强，但令人吃惊的是，他们通常极其缺乏安全感，有时还特别怪异。至于无趣？萨姆可以很轻易想象一个像那样的人的确会觉得生活贫乏。

菲利普的声音放得更低了：“所以我们面对的是这样一个人，有数不尽的钱，自己能够掌控时间。他还是一个忠诚于法国的人，如他所言，他所有的一切都属于法国。还有什么比玩这个小游戏更快乐的吗？计划并且实施这次完美的盗窃，把原本属于国家的宝藏完璧归赵。然后和他的朋友——警察局长一起用餐，喝着偷来的葡萄酒。这就是炫耀，这就是挑战。看吧。”菲利普搓了搓手，然后拿起香槟。

萨姆不得不承认他知道几个类似这样的案件，出于类似异想天开的原因作案。事实上，他自己也犯过一两次，他脑中闪现了一个想法，他打算等会儿再考虑。“索菲？”他问，“你怎么看？”

索菲皱着眉，看着她的表哥。“我想菲利普已经写好他的文章了。但的确是这样，他说的是有可能的。”她盯着从杯底往上冒的小气泡，耸耸肩，“所以，我的两位大侦探，我们该怎么做？”

“我们先考虑一下，明天再说吧，”萨姆说，“不过，我得先给洛杉矶那边打个电话，让他们加快进度。”

伊莲娜接听萨姆的电话的时候，声音听上去无情又冷漠，一点都不友善。在他俩之前关系出问题的时候，萨姆也听过这种语气，这种声音总让萨姆想躲起来。伊莲娜被激怒的时候太可怕了。

“伊莲娜，别乱咬人，”他说，“是我，在替你卖命的男人。”

萨姆可以听到她深吸一口气，再慢慢呼出。“萨姆，对不起，但我刚接了丹尼·罗斯的惯例抱怨电话，我还以为他又拨回来了，他经常那么做。我想他知道这会让我发疯。”伊莲娜紧接着说了几句简短但口气激烈暴躁的西班牙语，紧接着一连串咒骂，最后又做了一次深呼吸。“我需要发泄。好吧，现在告诉我发生了什么。”

“好消息是我很确定我们找到了酒。勒布耳的酒窖里有几个酒瓶上有罗斯的指纹。做指纹鉴定的人是这儿警察局的，所以这是铁证。”

“太棒了！萨姆，做得好。恭喜你。”但是她听上去不像是准备好好祝贺一番的样子，“告诉我，我是错的，我总觉得还有些坏消息。”

“可能真会有。也许是勒布耳做的，但是他很机智，极有可能他已经用假发票和各种文件掩盖了他的作案痕迹。如果真像我们发现的那样，是他做的，我们可以请律师，都不用我告诉你那意味着什么：

上百万的律师费，案件被搁置几个月，或者几年。”

“更不用提决定谁来付律师费的诉讼过程了。”

“确实如此。问题在于我们对他采取行动前，不知道他是怎样掩盖罪行的。一旦我们采取了行动，就没有回头路了。所以我开始考虑另外一个计划了。”

“你会杀人吗？洛杉矶著名的娱乐业律师会被牵涉其中吗？我能过去吗？”

“伊莲娜，你知道我的，我不会杀人。听着，有些事情我必须知道，像这样的一个案子，底线是什么？为了避免诉讼，你需要什么？”

“好，归结为三点——证物、鉴定和条件。我们得知道被偷的东西去哪儿了，我们还需要铁一般的证据来确定它们就是被偷的东西。并且，东西必须完好无损，我们才会满意，最理想的是和被偷的时候一个样。还有很多补充细节，但如果基本上拥有了这三项，我们就能摆脱困境了。”

“谁来检查？你还是罗斯？”

“你开玩笑吧，你还会相信罗斯的话吗？你知不知道那句老话‘早上好，他撒谎了’说的就是丹尼·罗斯。他不能做这项工作，检查确认工作将由我们来做，由我和几个专家一起完成，然后我们再让罗斯签字，接着我要把他推下悬崖。”

“谢谢，莫里斯小姐。这就是所有的情况了，保持联系。”

“另外一个计划是什么？”

“相信我，你不会想知道的。伊莲娜，晚安。”

“晚安，萨姆。”

第二十章　专栏故事的诞生

这个故事会起源于一个密报——传统而经典，你以前一定也收到很多这样的密报吧。

这个夜晚很漫长，时钟好像放慢了速度，萨姆的脑子高速运转，无法入眠。苏格兰威士忌，通常是非常有效的催眠剂，现在对他一点用都没有。甚至连美国有线电视新闻网关于尼日利亚银行体系复苏的专题报道，都无法发挥其催眠的魔力。他完全清醒着。

他穿上毛衣，走到外面的阳台上，既然威士忌、电视节目都没用，只希望夜晚的凛冽空气能帮到他。他凝望着悬挂在老港上空的月亮，快满月了。看了看表，接近凌晨三点。他不知道明天这个时候他会在哪儿，他想知道自己设想的一切能否奏效，也不清楚其他人会不会接受。

黎明时分，他仍然在阳台上，被冻僵了，但一点也不困。事实上，他觉得这个无眠之夜似乎给他打了一剂肾上腺素，他已经没有耐心等天亮了。他叫了客房服务，点了早餐，站在淋浴头下，滚烫的热水让他原本被加利福尼亚州的太阳晒黑的皮肤开始变红。

萨姆尽量放慢速度一边喝咖啡一边看《国际先驱论坛报》，但还是太早了，不适合叫醒索菲和菲利普。于是，他决定去散步。出了酒店，他跟着直觉向右拐，往法罗宫的方向走去。

大铁门此时还紧闭着，他站在那儿透过黑色的铁栅栏看到一大片绿油油的草地，草地的尽头便是住宅。一般在十点之前维尔勒不会去酒窖。勒布耳在科西嘉岛的话，他的用人就会多睡半小时。这里离市中心很近，却出奇地安静。萨姆可以听见在他身后是车流的声音，马赛人在为清晨的生意匆匆奔波，还有从老港外的码头方向传来的一阵汽笛的呜呜声。声音促使他动身前往比利时港口那边的山丘，去看看今天鱼市上出售的捕捞成果。

渔船通常早上八点至九点才到，但集市卖鱼的妇女会提早过来，她们的货摊还是空的，在等待渔船归来时精神饱满地做着擦洗工作。集市有一个传统特色，也成了吸引游客的一个项目，就是这些妇女丰富的口头语，那声音的力量足以媲美八级的西北风。萨姆感到非常遗憾，因为他的法语水平还不够高，应该说是太低了，绝大部分少儿不宜的微妙表达他都没办法听懂。他想让菲利普回来给他当翻译。

船开始系绳子，停靠在码头边，妇女们互相打趣的玩笑声渐渐变大，伴随着鱼被卸载到摊位上的拍击声，鱼眼还很闪亮，鱼鳞也闪闪发光。第一批顾客到了，有的是一个人，有的结伴而来。在买吃的东西的时候，法国人的习惯从未改变，他们从一个摊位走到另一个摊位，带着深深的怀疑去观察鲔鱼的眼睛，嗅嗅红鲂鱼的鳃，在心里权衡是烤鲷鱼美味还是马赛鱼汤更胜一筹。

第一次且是唯一一次享用这道传奇汤品的经历，还是让萨姆忍不住战栗，那是在新奥尔良，他被说服去尝试一下克里奥尔马赛鱼汤。那汤简直难以入口，他不得不让服务员加点料进去。结果汤里面有面粉、牡蛎、黄油还有鸡肉汤，变成一份奇怪的混合鱼汤。他向自己保证，有一天一定要喝一次正宗的马赛鱼汤。这也是他再次来到马赛的另一个原因，他发现他已经越来越喜欢这里了。

不知不觉，萨姆走到一个卖鱼的摊位前，鱼摊老板见他到来马上打起精神。她是一位身材肥胖、饱经风霜的女人，戴着一顶褪了色的棒球帽和一双强力橡胶手套。“呃，先生！”她高声招呼着萨姆，“看看这条鱼，多好啊！”她拿起一条闪闪发光的海鲈放到他面前，砖红色的脸上堆满了笑容。萨姆点点头，回以微笑，然后才意识到他做错了。萨姆还来不及阻止她，老板就已经拿起一把刀，快速而熟练地收拾干净了鱼的内脏，之后把鱼包好。萨姆想，别跟女人争执，买下了鱼。

出发返回酒店前，他把黏糊糊的袋子折好夹在胳膊下，心里默默记下老板告诉他的菜谱。那个女人说，很简单，就算像他这样的男人也能搞定。在鱼身上深深划两刀，一边各一刀，然后分别在划开的口子里面塞两三棵茴香，然后在鱼身上涂好橄榄油，两面各烤六七分钟。记得要用耐火的盘子，在盘子上铺一层干茴香茎，然后把鱼放在上面，将一大汤匙的雅文邑酒加热后点燃，倒在鱼身上，那样燃烧的茴香茎就可以散发出香气，使鱼入味儿。“多神奇啊！”鱼摊老板曾感叹道。

他刚到酒店的走廊，电话响了。

“你去哪儿了？”菲利普问，“啊，你在那儿——我看到你了。”菲利普在桌子后面向萨姆招招手，他正坐在那儿边喝咖啡边读报纸。

“一会儿就回来。”萨姆说，“我得先处理这条鱼。”

菲利普似乎一点也不惊讶。“当然可以。”他说。好像一个穿着商务西装的男人拿着一大条死鱼是每天再普通不过的场景。“索菲正在下楼。”

萨姆走到服务台前，将鱼双手奉上。“这是我对主厨的嘉奖。”他说着把鱼放在桌上，“我想把这条海鲈送给他，刚从鱼市上买的，非常新鲜。”

服务台工作人员侧了一下头，微微一笑。“当然，先生，您真是太好了。我会确保他尽快收到，还有其他需要我为您效劳的吗？”

萨姆回来加入菲利普和索菲的谈话，他对服务台工作人员沉着的表现非常欣赏，吉夫斯会引以为傲的。

索菲和菲利普都表现得甚为期待，萨姆也不浪费时间，开门见山。“我有一个主意，”他说，“但是行动之前，我得再理一遍整个情况，要是你们有任何不同意的地方，直接打断我。现在，我们已经确定酒就在酒窖里，并且已经不只是合理怀疑了，我们有罗斯的指纹做证。所以我们可以控告勒布耳，然后收工。但是接下来会发生什么呢？警察会全面调查他和维尔勒，律师也会介入。如果勒布耳掩盖了他的犯罪痕迹，我确定他肯定做得滴水不漏。唯一可以确定的是整件事需要几个月才能解决，甚至几年。同时，葡萄酒会被当作证据扣留，到时候还会有一个新闻禁令来禁止菲利普做有关这件事的报道，以防损毁一位名人的声誉，勒布耳的律师会确保拿到这个禁令，我敢打赌。”萨姆停下来，等他们消化这些话。

“目前有什么问题吗？”

索菲什么也没说，菲利普咬着下嘴唇，陷入沉思。萨姆继续说道：“还有一个方面，我觉得我们谁都没有预料到。勒布耳和维尔勒看上去都是正人君子，我们喜欢他们，不想看着他们陷入麻烦或者遭受牢狱之灾。对吗？索菲？”

索菲点点头。“我觉得这令人羞愧。”

“我也这么觉得。”萨姆揉揉眼睛，由于睡眠不足，他的眼睛干涩得像是进了沙子。“好。我差不多花了一整晚的时间考虑，觉得这个方案应该可行，至少值得一试。不管怎样，这个计划还是很适用的，有很多好处。”萨姆数着手指头，一一罗列：“第一，这会让勒布耳和维尔勒摆脱困境；第二，这可以给菲利普提供另一个故事，甚至更精彩——一桩他也参与其中的神秘事件；第三，这还意味着索菲和我将完成诺克斯保险公司委托的任务，能够追查出酒的下落。现在只有一个障碍，迄今为止，我们没有犯过任何重罪。或许之前有一点无伤大雅的虚假陈述，仅此而已。但现在我脑子里的想法是违法的。”

菲利普换成他喜欢的姿势，坐在位子的边缘，他的脚开始抽筋。“有多不合法？”

“我想偷酒。”

索菲大笑着摇摇头：“你疯了吧！”

菲利普抬起手。“等等。”他将身体微微前倾，向自己的身后看了看，像个十足的阴谋家。任何看见他的人都会立刻觉得他在讨论见不得人的罪行，他把声音压得很低很低：“你想好怎么做了吗？”

“当然。”

索菲也停止大笑。“但是，萨姆，我们是最容易被怀疑的，勒布耳告诉警察这两个奇怪的人在他的酒窖里待了好几天，然后警察就会找到我们，最后不是勒布耳进监狱，而是你和我。不是吗？”

萨姆摇摇头：“我们可以说我们所做的一切都是为了给一个蜚声

国际的保险公司的客户寻找失窃的财产，只是我们的方法有点不正统而已。但更重要的是勒布耳会怎么说。有人偷了他偷来的酒？我不觉得他会这么做，无论他的律师多厉害，他都不愿意被国际刑事警察组织盯上。他不会的，我肯定他会保持沉默。”

菲利普不再咬着下嘴唇，他又倒了些咖啡。“萨姆，你刚才说，一个更精彩的故事，”他看向索菲，接着说，“也就是，如果我们决定放手一搏。”

“是的。这个故事会起源于一个密报——传统而经典，你以前一定也收到很多这样的密报吧。动机有时是复仇，有时是犯罪，有时只是恶作剧。总之，你接到一个陌生人的电话，他拒绝表明身份，却告诉你有一批佳酿被放在一个遥远的地方，这个我们待会儿再说。然后他告诉了你这些都是偷来的酒，也许是他自己偷的，而且无法脱手。不过，他不肯透露细节，事实上，没有什么其他细节，只有引领你找到藏酒的地方的一些指示。你并不完全相信他，但你还是去了。等待你的是一个惊喜，正如那个匿名者所言，你找到了那些失窃的酒。这就是你的故事的第一章了。”

菲利普慢慢点着头：“这个开头不错，我想我可以猜到故事接下来怎么发展。”

“我肯定你可以。你着手调查这件事，你联系了所有线人，一点点，顺藤摸瓜，你根据线索去了洛杉矶。在那儿你采访了丹尼·罗斯，询问他藏酒被偷的经过——圣诞节前夕，狡诈的看管者，救护车，所有的一切。这部分就清晰了。至于另一部分——偷酒的人——一直是个未解之谜，这样勒布耳和维尔勒就可以不被牵扯进来。”萨姆看看索菲，又看看菲利普，“你们觉得呢？”

“我喜欢。”菲利普说，“这个故事可以做成一个长篇的专栏作品，就像电视连续剧。”他的脚轻快地舞动了几下，表示同意。

他俩都转向索菲，看着她。

两人花了些时间说服她——偷酒是最好的选择。索菲设法争辩，她说他们可以忘掉整件事，各自打道回府。但是萨姆提醒她，为时已晚，他都告诉伊莲娜·莫里斯了。诺克斯国际保险公司已经知道酒已找到，无论有没有萨姆，他们都会继续追查。所以，在索菲深思熟虑后，大家达成了一致，他们打算偷酒。

菲利普可以解决接下来的这个问题，那就是应该把酒藏到哪儿。他的祖母曾经在那帕荷德有一个农场和几公顷地，位于吕贝龙一块独立的区域。菲利普以前常常去那儿消暑，那是一个让人愉快的家族传统，但是祖母去世后，便不复存在。而且不幸的是，祖母没有留下任何遗嘱，从而引发了一场让人痛心的遗产继承争夺，亲属们都认为他们自己应该继承遗产，这在法国很常见。这场争夺已经持续了十三年，结局尚未明朗。与此同时，农场没有人住，令人遗憾地被废弃了。没有一个参与争夺的亲戚打算出维护费，因为那里最终可能会落到其他人手里，比如，一个不值得同情的表哥，或者是令人生厌的霍顿思姨妈。菲利普说，除了那个地方确实非常远不太方便外，那里有一个大酒窖，可以把酒放在那儿，不用担心坏掉。

“听上去很棒！”萨姆说，“你进得去吗？”

“钥匙就藏在一口井后面的一块石头下，而且厨房的窗户上有一扇百叶窗是坏的。从大门进不去就从窗户进，进去不成问题。”

“好的，下一件事就是运输，我觉得你的小摩托肯定运不了那么多，会开小型面包车吗？”

菲利普坐直了身体，脸上露出骄傲的神情。“法国人可以驾驶任何交通工具。”

“我也这么觉得。我们下午就去租辆车吧。”萨姆转向索菲，“下面就是我需要你帮忙的地方，我得在晚上大门关闭前进入那栋房子。我的借口是我们必须四处走走去拍一些作为素材的照片，而拍照的最佳时间是晚上，因为那个时候光线最佳。一有机会，我就会消失。如果维尔勒或者任何人问我去哪儿了，你可以说我去城里赴约去了。然后你接着拍照直到勒布耳的手下全都离开，最后你返回酒店。”

索菲皱着眉：“然后会发生什么呢？”

“我们先吃点东西吧，吃饭的时候告诉你。”

提到午餐，菲利普站起来，搓搓手。“就一个问题，”他说，“我们什么时候行动？”

萨姆看了看手表，说：“六小时之内。”

第二十一章　近乎完美的盗窃

“醇厚、丰富、甘美”或“浓烈、撩人”——萨姆已经见过这些词语不止一次了，每次都让他勾勒出鲁本斯喜欢画的女人的形象，而不仅仅是一杯酒。

午餐后的几小时，他们都在进一步完善晚上的计划。菲利普租了一辆不起眼的白色面包车，他形容那是管道工的法拉利，装五十箱酒很轻松。索菲打电话给维尔勒，告诉他她和萨姆会在今晚用一小时左右在屋外的花园里拍些照片作为参考素材，拍完照或许他们可以一起喝一杯。维尔勒当下应承。

于是，萨姆一下午强迫自己保持平静，伺机而动。他现在几乎没有什么可做的了，只有期盼一切顺利。在第一个关键阶段，他需要一点运气。他洗完一天中的第二次澡后，换上一套适合夜间行窃的行头：深蓝色的裤子，深蓝色的T恤衫，还有深蓝色的风衣。他把其他东西丢进行李箱里，反复检查相机和小手电筒里的电池，然后给手机充电。又看了一遍失窃的酒的清单后，把它放进口袋。萨姆在阳台上来回踱步，头一次无心留意景色。他心不在焉地玩弄着自己的大拇指，整装待发。

太阳开始向地平线渐渐下沉，金色的光线是每个摄影师的梦，索菲和萨姆开始向法罗宫的入口走去。按门铃之前，他们发现大门开着，管家出来迎接他们，是一位优雅的妇人，头发已经灰白，穿着清爽的亚麻裙子。

“弗洛里安让我来接你们，”她说，“你们有什么需要帮忙的就跟我说。”

索菲向这位管家道谢。“我们大部分时间都会在外面，”她说，“从现在到日落这段时间光线是最棒的。但或许最后一张我们要到室内拍，透过起居室的窗户，捕捉太阳从海平面转瞬即逝的那一刻。我们之前和勒布耳先生一起观赏过，景色十分壮观。”

管家点头应允：“我会把露台的门为你们打开。实在抱歉，你们今晚见不到勒布耳先生了，不过他明天会回来。我猜他一定想看看照片。”她朝他们微微一笑，做了一个皇家式的手势，转身回到房内。

“多幸运啊！”萨姆说，他俩绕着房子朝着能够远眺大海的花园走去。“如果是明天就太晚了，我想勒布耳的旅程结束后，应该会有个招待会。”他从包里拿出相机并启动了，“她真是个威严的管家，不是吗？”

索菲抬头看着城堡的正面：有三层，数不尽的窗户，勒布耳甚至可以在里面驻扎一小支军队。“这真是一座宏伟的建筑。”她停下来，一只手挽着萨姆的胳膊，萨姆可以感受到她在发抖。“萨姆，我很紧张。”

萨姆握紧索菲的手，咧嘴一笑。“我也是，这很正常。你不紧张的话，就说明你太大意了。听着，你一直都表现得很棒，已经快到头了，只要最后一点努力，就完成了。”萨姆一只手拉着索菲穿过花园，另一只手拿着相机拍摄四周景色。“现在，由你掌控，告诉我从哪儿开始，记得指出你想让我拍摄的东西。挥舞你的手臂，跺跺脚，放下头发，像一个富有创造力的指挥家那样。你会有观众的，我确定我们的朋友正在房间里留意着我们呢，以防我们破坏薰衣草。”

他们拍了露台、规整的花园、一百八十度的景色，全程都留意着太阳的缓缓移动，看它越来越逼近大海。就在他们结束拍摄前，萨姆停了下来，把电话拿到耳边，做出在接听的样子，然后把电话放回口袋。“抱歉，我得离开了。”他说，把相机递给索菲，“我们进去透过窗户拍摄吧，那儿就是我消失的地方。你能一边为我祈祷，一边继续拍照吗？”

他们从露台进入屋内，穿过一个小过道，来到起居室的门前。门开着，他们进了房间后才知道，并不是只有他们俩。

“我肯定你们拍到了一些迷人的照片，这真是一个美好的夜晚。”管家从窗前一张装饰华丽的小桌子后起身，写着一些东西，然后优雅地朝他们走来，面带微笑，她也是萨姆想见的最后一个人。

萨姆报以微笑。“真高兴又见到您。”他说，“我刚接到一个电话，提醒我在马赛有个约会，而现在我已经迟到了。在走之前，我想对您表示感谢。索菲会负责最后几张照片的拍摄工作。”

管家说了些客套话，表达了她的失望和理解。“您匆忙离开真是遗憾。”她走向门边，“请一定要让我送送您——”

萨姆举起一只手。“不，不，不，请别麻烦了，我自己出去就行了，再一次谢谢您。”他一边和管家告辞，一边急忙走出房间，关上身后的门。

他穿过走廊，溜进餐厅，蹑手蹑脚地经过一张二十人座四周摆放着高背椅子的桌子，来到壁橱和沉重的那两扇门前，从这儿可以通向厨房。他把耳朵贴在门和墙之间的连接处，什么都听不见，只有冰箱运转时发出的嗡嗡声。他穿过一条小道进入厨房，两旁是闪闪发光的不锈钢和铜制厨具。他面前是通往楼梯的门，而那楼梯正是通向酒窖的，正如他所料，门锁着。他看了看表——六点十五分，索菲会在六点三十分和维尔勒见面，带他去酒店的酒吧。

萨姆振作起来，度过了难熬的十五分钟，打开了升降机的门，维尔勒怎么称呼这个的？“特制美酒升降机，没有任何晃动，酒可以安然轻松地被送达。”他希望他一样可以做到。

事实上，运送酒的升降机就是一个长方形箱子，由绳子和滑轮组成的老式装置手动控制。但这是一个坚固的装置，这个箱子足够结实，可以承载六箱酒的重量，其高度也足以容纳这些箱子一个一个叠成一摞，它的形状和棺材无异。萨姆尽量不往那方面想，他抓住粗绳，小心地挤进那个狭窄的空间里，滑轮因为承载了他的重量发出嘎吱声，萨姆吓了一跳，关上门深吸一口气。周围漆黑一片，他闻到一股淡淡的软木塞和陈酒的味道，这是上一批酒升上去的时候发生了渗漏留下的。他用手操控着绳子，极度谨慎地让自己慢慢下降，直到听见微弱的砰的一声，他知道自己已经到了酒窖那一层了。

弗洛里安·维尔勒停止了摸他那神气活现、向上翘着的胡子，走下酒窖，走近通往房间的楼梯，从升降机旁经过，但他浑然不知里面还蜷缩着一个六英尺高的男人。他期待再一次见到索菲，尤其是当接到她的电话说萨姆不能与他们同行时。虽然萨姆是一个足够讨人喜欢的年轻人，但维尔勒显然更乐意和索菲单独面对面地亲密接触，还有一点就是他们都能说法语，听上去多么优雅浪漫啊！

萨姆听到维尔勒走在酒窖的石板路上传来的脚步声，又过了几分钟，听到他上了楼梯，走进房间。而萨姆开始受到轻微的幽闭恐惧症的折磨，身体开始抽筋，大腿肌肉感觉快要撕裂了，而且他肯定自己的背部已经裂开了。他还是熬过来了。今天晚上，酒窖归他了，接下来几小时的体力劳动就当是在升降机里忍受了那么久的一种放松吧。

在萨姆努力从升降机里出来的时候，滑轮绳发出最后一声嘎吱声。萨姆在黑暗中站了会儿，活动了下身体的各个关节。即使被发现的概率极小，他还是决定等几小时后再开灯工作。到那时，马赛城里的每一个人都将进行享用晚餐的神圣仪式。

在手电筒发出的微弱光线的指引下，萨姆走到了酒窖的尽头，在那里他找到了他记着的所有东西。高尔夫球车停在门边，勒布耳酒庄的空箱子堆放在一个角落里。必须找些没有标志的箱子来替代这些箱子，时间充裕，待会儿再说。萨姆进入维尔勒的办公室，坐在他的椅子上，把脚放在办公桌上，开始给菲利普打电话，电话只响了一声，菲利普就接起来了。

“目前一切都很顺利。”萨姆说。

“你现在在酒窖？”

“是的。我会在几小时内开始打包那些酒，我们再核对一下整个过程吧。”

“好。所有的酒打包好后，你就给我打电话。面包车先停在老港，到晚上接头的时候，我驾车三分钟就能赶到。”

“好，我会确保大门是开着的。你要记住开车前把灯关了，我不想让房子里的任何人看见亮着的前灯。走主道左边的岔道，我会晃动手电筒把你引导到卸货区，箱子得在酒窖外面装车。把它们装到面包车里最多需要五分钟，然后我们就可以离开这儿了。”

“收到！长官。”

“你在说什么？”

“这是军事用语，从电视节目里听来的。”

萨姆在黑暗中转了转眼珠，他忘了菲利普喜欢所有和军事有关的东西了。“哦，还有一件事，我们到那个地方要多久？”

“面包车速度不快，但一路大部分都是高速，我想大概一个半小时，不会再多了。”

“行，看来一切准备就绪，待会儿见。”

计划快要完成了，萨姆越来越有信心。有些地方可能会出错，当然，因为一切皆有可能。但是他允许自己在考虑现状和将来的时候偶尔乐观一下。

所有环节最鼓舞人心的是他与外界几乎完全隔离开了。酒窖里面没有窗户，所以光线不会让他暴露。多亏这厚重的墙体和天花板以及天花板上面几英寸厚的泥土，因为它们让酒窖的隔音效果也非常理想。而最棒的是这里的报警系统只会在有人试图闯入的时候才会被激活，而人出去的时候不会。罗斯和勒布耳的酒窖电子报警系统都不完善，其实不应该是这样的。他要用心记住这一点，到时候告诉伊莲娜，她会乐意用任何理由来训斥罗斯家中看不中用的报警装置。

当萨姆坐在黑暗里的时候，满脑子都是关于伊莲娜的愉快的回忆，还有一些对她的猜想，他完全忘记了当天的任务。对于以恶制恶，她会如何对待？就个人而言，她可能会睁一只眼闭一只眼吧。而从专业角度，她应该会有所质疑，让他难堪，但不会持续很长时间。保险公司如同其他需要大量资金来运转的公司一样，为了目的可以不择手段，因此对其有利的底线为可以替大部分犯罪行为申辩。萨姆想这真是个邪恶的旧世界，他靠在维尔勒的椅子上等待时间的流逝。

萨姆一定是打瞌睡了，他这一次看表的时候，居然已经快十点了，是时候工作了。他站起身，揉揉眼睛，找到大门旁边的电源开关，此刻的酒窖看上去比白天更大、更神秘了。白天的时候阳光会从那些敞开的门口倾泻而入，现在拱形的天花板则被很深的阴影笼罩着，吊灯投下的光似乎向周围无止境地发散着。

萨姆在高尔夫球车里装了一批空箱子后开始行动，轮胎在石板路上滚动时发出声响，这条道路将红葡萄酒区和白葡萄酒区分隔开。他的第一站是马赛大道，因其毗邻贵族般的拉菲酒庄和拉图酒庄而得名。他从口袋里拿出罗斯失窃的葡萄酒的清单，在高尔夫球车的乘客座上把纸抚平："1961 年的拉图，九十八瓶。"他顺着一排排箱子走，看石板上用粉笔写下的酒的年份，走到"1961 年"前，他停了下来。萨姆数了数，至少有三百瓶，他开始装箱，但无法知道他装的九十八瓶是不是罗斯的。但是他告诉自己，罗斯是不会抱怨的。萨姆有条不紊地行动着，先从放酒的箱子里拿出两瓶然后检查上面的标签来再次确认，再放进空箱子的单独的格子里，将其放好，然后再拿再放，放满后将箱子放在高尔夫球车座位后面的平板上。

萨姆停下来看了看表，推算自己用了半个多小时打包了不到一百瓶的拉图，照这个速度，加上高尔夫球车来回运送花费的时间，还得三小时，也就是说他会在凌晨两点到三点之间完工。他很想知道菲利普会如何克制他的不耐烦。

“1953 年的拉菲，七十六瓶。”萨姆在箱子和高尔夫球车之间不断地弯腰、起立穿梭着，让他想起弗洛里安的一些评论——当描述拉菲的时候，只有不停地亲吻指尖才能抑制住他那些过度的赞美。即便如此，维尔勒从他的那些葡萄酒专家朋友那里听来的一些夸大的描述还是让人印象深刻。萨姆特别记得其中一段华丽的辞藻，开头是“扎实而又顺滑，柔软而又浓郁”，然后是“精致、芬芳、回味绵长”混合着“优雅、权威，在口中慢慢地酝酿打开”，最后的高潮是“如此美妙而令人赞叹，是其他所有葡萄酒的集大成者”。这些都是他记忆中的维尔勒用英语表述的一部分。在那次单调谈话的结尾，维尔勒自己的真实想法则是“最终，你喜欢哪种葡萄酒，它就是最好的葡萄酒”。

“1982 年的飞卓，一百一十瓶。”萨姆一边检查，一边装箱，还一边试着在脑海中勾勒酒庄的样子：石柱，一条两侧栽满繁茂的大树的小径，砾石车道。索菲告诉过他，飞卓酒庄现在的主人的祖父曾把它当成度假的地方，偶尔会从巴黎到那儿小住，其他时间城堡则空着处于关闭状态。萨姆觉得这真是难以想象，他摇摇头，开始装另外一个空箱子。他忽然觉得这有点像在打包金条，到现在他装了价值多少美元的了？一百万？二百万？

“1970 年的柏图斯，四十八瓶，有五瓶是用大酒瓶装的。”和《洛杉矶时报》报道的一样，萨姆想。他把一个大酒瓶装进纸箱的格子中，丹尼·罗斯的照片里的是这瓶吗？是谁把报道给勒布耳看的？是谁计划实施的这起盗窃案？无论是谁，从作案的专业角度萨姆都挑不出差错。连博克曼都说这是他见过的近乎完美的盗窃。太可惜了，都没有机会有一天可以和勒布耳坐下来喝喝东西，谈谈那些他不知道的部分。

“1983 年的玛歌，一百四十瓶。”另一个问题：是谁为罗斯购买的这些酒？肯定是知道他经济实力的人。没有一瓶酒是不知名的，所有的酒都非常高端。离开洛杉矶前做调查时，萨姆曾经惊讶于 20 世纪 80 年代的波尔多一级葡萄酒价格的上涨幅度。例如，从 2001 年到 2006 年，玛歌的价格上涨了 58%，拉菲上涨了 123%。罗斯急得像热锅上的蚂蚁，这一点都不奇怪，天知道他要花多少钱才能重新填满他的酒窖。

箱子变得越来越沉，现在只有开高尔夫球车的时候他才可以短暂放松下酸痛的背。萨姆渴望一次按摩和一杯美酒。

“1975 年的依坤，三十六瓶。”最后三箱了，这种酒在葡萄酒作家的笔下被描述为最好的（或最坏的），这些作家一生的使命就是去描写出那些无法形容的东西。“醇厚、丰富、甘美”或“浓烈、撩人”——萨姆已经见过这些词语不止一次了，每次都让他勾勒出鲁本斯喜欢画的女人的形象，而不仅仅是一杯酒。伴随着极大的满足感，他把最后一箱酒装上高尔夫球车，然后开到堆放其他箱子的酒窖门边。

总算要完工了，萨姆关上灯，轻轻地打开门。在潮湿的酒窖里待了那么久后，夜晚的空气闻起来清爽而又干净，他一边望着车道，一边深吸了一口这让人愉悦的空气。在路灯的照射下，他可以看到大门的轮廓。一辆车正在向这里驶来，而整个马赛似乎都睡着了，寂静无声。现在是凌晨三点十五分。

第二十二章　家族古堡

如菲利普所言，这里凉爽潮湿，是世界上最后一个可以被期待发现价值三百万美元的葡萄酒的地方。

萨姆给菲利普打电话时发现，菲利普正在他的白色面包车上打盹儿，他接电话的时候，哈欠连连，完全没办法控制。

“快起来！”萨姆说，“该工作了。别忘了发动车子前把灯关掉。”萨姆能听见引擎发动的声音和菲利普清喉咙的声音。当菲利普回应他的时候，已经尽可能让声音听上去警觉而清醒了：“三分钟，长官。带上我的螺丝锥，一切准备就绪，出发！”

萨姆笑着摇了摇头。打完电话后，他要四下寻找一下有没有一枚古老的军功章——那种拿破仑时期最好的勋章——他要把它别在菲利普的胸前，以嘉奖他职责之外的工作与服务。这是他应得的，他可能会别上这种该死的东西。

萨姆穿过汽车道，站在欧仁妮皇后雕像的阴影处。在他身后，是沉睡着的庞大宫殿，除了门廊上两盏灯散发出微弱光亮，整座宫殿漆黑一片。前方，空荡荡的道路上的灯光映衬出大门的黑色轮廓。萨姆首先为他的行为默默地向欧仁尼皇后道歉，他在雕像飘逸的大理石长袍下搜寻，直至摸到了年轻的多米尼克曾用来操控大门的按钮。他按下按钮的同时，听到了汽车在艰难上坡时引擎发出的声音，大门缓缓打开了。感谢你，欧仁妮皇后！

菲利普双眼一直盯着从萨姆的手电筒发出的那一小束光，直至把车停在酒窖门口那一摞硬纸箱的旁边。菲利普为了夜间的行动，从头到脚都换上了黑色的装束，就像一名胖胖的忍者，头上戴了一顶紧贴着的羊绒帽，就是那种恐怖分子以及银行抢劫者的最爱。

“我检查过了，”他满意地小声说道，“一切顺利，我没被跟踪。”

他们把那些硬纸箱装上车时，萨姆尽可能委婉地跟菲利普说他的帽子可能会在马路上引起误会和不必要的注目。菲利普努力掩藏他的失望，上驾驶座前把帽子摘了。他透过车窗朝外面的街道看了一眼：“糟糕，大门关了。”

“是自动定时器，”萨姆说，“到雕像那儿接应我。”

他们慢慢穿过大门，菲利普把灯打开，面包车在空无一人的街道上顺着标志喘息着前行，这些标志会引导他们离开马赛，驶向高速公路。

萨姆瘫坐在位子上，感到前所未有地放松，最关键的部分终于完成了，收尾工作则充满乐趣。“你和索菲通过电话吗？她怎么样？”

“她好得很。昨晚给我打了个电话，她和维尔勒在酒店里喝了点东西，之后维尔勒带她去小尼斯吃了饭，是家在峭壁道上的餐厅。那里的主厨刚被授予米其林三星——他们说他做的鱼简直神了，有机会我也要去一次。总之，索菲说她很开心，我想她一定很喜欢维尔勒。我告诉她要是出了问题我晚上给她打电话，要是一切顺利就明早再打给她。”菲利普在高速公路的入口处减缓了车速，从收费机取了一张票。车子驶入高速公路朝北前进，道路相当宽阔。“索菲是个好女孩，虽然有时喜欢发号施令，但不妨碍她的好。这事之前我还真的不怎么了解她，你懂的，表兄妹的相处模式就是如此。尽管是亲人，也只有在参加婚礼和葬礼的时候才能见到。在那种场合下，每个人都展现得最为得体合宜。美国应该也一样吧，不是吗？”

但是萨姆并没有回答。他伸展四肢，随意地坐在位子上，头耷拉着，双手合抱，他已两个晚上没合眼，现在开始补觉。菲利普安静地开着车，满脑子都是他要抢先发布的新闻，还有即将前往洛杉矶采访丹尼·罗斯的愉快旅程。去加利福尼亚州的想法让他着迷，因为加利福尼亚州太对法国人的胃口了。冲浪者、地狱天使、方形西红柿、鲸鱼、鬼火、泥石流、大瑟尔、旧金山、好莱坞——在那样一个地方，一切皆有可能。他们竟然还有一个来自欧洲的州长。

菲利普在艾克斯下了高速，驶入一条较窄的车道，朝着罗涅的方向行驶，跨过迪朗斯河，进入吕贝龙山区。他已经开了一会儿了，在习惯了马赛的拥挤和喧嚣后，他被乡村的宁静和空旷惊得目瞪口呆，这里的夜晚真的是一片漆黑！之后经过卡德内村和卢马兰村，一切都静悄悄的，村子都还在沉睡。之后车子进入狭窄的盘山公路，这条路会带他们穿越这座山，驶往吕贝龙的北部。路的一侧和陡峭多岩的山体如此靠近，以至于就像在一条参差不齐、歪歪扭扭的隧道中行驶。四周变得更加漆黑，这里距离任何地方可能都有百万英里，一眼望去，没有一处地方打破了这种黑暗。萨姆一路上都轻声打着呼噜。

面包车转弯拐入一条泥泞的车辙很深的小路，颠簸着朝老房子驶去，萨姆被摇醒了。菲利普熄灭引擎，但没关前灯，把车头朝向一口废弃的井。出现在他们面前的是倒向一边的一个铁架子，被一堵摇摇欲坠的环形石墙支撑着，上面还挂着一根生锈的门闩。几次都没找到钥匙，菲利普挠着头，骂了几声，最后终于发现原来是石头隐藏了那把能够打开老房子前门的珍贵的六英寸长的钥匙。

萨姆跟着走进去，菲利普看到保险丝盒和主要的电源开关上都布满蜘蛛网，开口骂了几句。菲利普打开电源，一小束光线从天花板上那个四十瓦的灯泡射出，他欢呼了一声。

“瞧！欢迎来到家族古堡。”菲利普擦了擦他鼻子上的蜘蛛网，轻轻地拍拍萨姆的肩膀，“睡得好吗？”

“非常好，像婴儿一样。”事实上，小睡过后，萨姆感到难以置信地精神焕发——头脑清醒、心情愉快，就像每次工作顺利时他会有的状态。他跟着菲利普穿过一间间天花板很低的小房间，那些房间的地上满是灰尘，里面除了古怪的东倒西歪的椅子和被推到墙角的桌子外，什么都没有。

“家具呢？”

菲利普停下来，这儿原本是厨房，现在里面没有任何有用的东西。一个鸟窝顺着烟囱掉下来，落到了石头壁炉的炉床上。壁炉台上放着卡瓦永消防队 1995 年的彩色日历，早已褪色。“啊，至于家具，”菲利普说，“这儿以前有一两件极好的家具，但是老太太一进棺材，那些所谓的亲戚就开着卡车把这里洗劫一空。我很惊讶他们居然还把电灯泡留下了，也许他们现在还在争论谁应该得到哪件家具。还好，至少他们不能把酒窖搬走。”他推开一扇角落处的矮门，伸手摸到电灯开关，打开灯，这时酒窖里的生物都匆忙地窜回洞里。“看来我们得先放些老鼠药，否则它们会把瓶子上的标签吃掉，我猜它们喜欢老式胶水。”

和房子的其他部分一样，酒窖对于那些贪得无厌的亲戚的吸引力也是极大的，一个瓶子都没有留下。看过勒布耳那宏伟奢华的酒窖后，这里显得十分寒酸。一小段陡峭的阶梯通往存放酒的设施，其实就是固定在墙上的铁架上面铺了一层旧木板搭成的；墙壁黑黑的，还发了霉；地上铺的沙砾层已经磨损，露出一块块踩平了的泥土地。然而，如菲利普所言，这里凉爽潮湿，是世界上最后一个可以被期待发现价值三百万美元的葡萄酒的地方。

把硬纸箱从面包车上转移到酒窖里是个繁重的体力活，门口和天花板的设计让他们行动起来更加笨拙，对萨姆而言，这就像是为侏儒设计的。是因为二百年前的人非常矮小吗？把最后一个硬纸箱搬进来后，两个男人的指关节都被狭窄的门口两边的粗糙石头边缘擦伤了，他们的背也因一直弯着有些痛。他俩几乎没有意识到，就在他们拼命工作之际，新的一天到来了。

“你觉得怎么样？”菲利普说，“我不是一个乡下小伙，但这次例外。”他们站在房子外，望向东方，地平线上刚出现第一缕阳光。萨姆环顾一下四周，视线所及的地方没有其他房子。他们被田地包围着，田地里一簇簇薰衣草就像是一排排青色的野毛茛，再过些时候这里就要变成紫色的了。他们身后就是吕贝龙山区，青蓝色的山被清晨蒙蒙的雾气笼罩着。

“你知道吗，”萨姆说，“要是我们吃了早餐，这景色就更美了，从昨天午餐后我就没吃过东西了。”

他们开车下山，来到阿普特，找到一个有露台的咖啡厅，又到附近的面包房买了些羊角面包。两大杯奶泡咖啡放在他们面前，用有着厚厚边缘的杯子盛着。萨姆闭上眼，深深地吸了一口咖啡的香气，只有在法国才有的独特香气，这多半是法国牛奶的功劳。

“嗯，我的朋友，”萨姆说，“我们将会有一个忙碌而充实的早晨。”菲利普正忙着吃羊角面包，他挑了挑眉。“首先，我们最好在维尔勒发现突然少了五百瓶酒之前退房，离开酒店。然后我们必须找个可以歇脚的地方，当然，不能留在马赛了。所以，我要去租一辆车，我们俩还得去找一些没有商标的硬纸箱，然后返回老房子，重新打包那些酒，最后再毁掉那些被我们换下来的硬纸箱。做完这些后，我们就可以庆祝了。”他看了看时间，去掏手机，“你说索菲醒了吗？”

索菲已经醒了，不仅如此，她还预料到将会迅速离开酒店，为此她已经打包好了行李，这有点出乎萨姆的预料。

菲利普在机场的赫兹办公室外面把萨姆放下，他告诉萨姆他们在高速公路入口处的停车区域碰面，然后就离开去找装酒的硬纸箱了。他的一个朋友的朋友是酿酒师，菲利普确信他会有一仓库的硬纸箱。

开着租来的雷诺，萨姆加入了清晨行驶在马赛的车流中，他忘记了在每个自尊心强烈的法国人的身体里都潜藏着一个一级方程式赛车手的灵魂。他发现自己置身于一场国际业余汽车大奖赛中——微型车向前飞驰着，轮子几乎不着地，司机们一边拿着手机欢快地聊天一边抽着烟，哪只手空下来就用它操控一下方向盘。当毫发无损地到达酒店时，他首先默默地感谢了下保护外来司机的守护神，然后马上去找索菲。

索菲刚吃完早餐，作为一个刚策划了一场犯罪的人，她看上去非常放松。“怎么着？事情怎么样了？”

“顺利极了，我在车上告诉你。我去拿行李，然后付完账我们就开车离开。你不会相信还有那样一个地方。”

就在维尔勒要开始在法罗宫的一天的工作之前，早晨八点三十分，他们启程离开马赛。

第二十三章　分道扬镳

萨姆站在电话旁，脸上露出灿烂的笑容，他的裤子掉到了脚踝处，他现在是巴黎最幸福的男人。

春天的普罗旺斯有一些时间特别美好，天气不是很热，天空一望无际的蓝，今天就是这样一个好日子。田野上开满星星点点的红罂粟，葡萄的黑色枯枝上萌发出小小的绿色新叶。萨姆开着雷诺跟随着菲利普的面包车在乡间穿行，车里的氛围就像今天的天气，轻松而又愉快。工作终于顺利完成了！

“现在你可以回波尔多了，”萨姆说，“然后和阿诺德结婚，从此幸福地生活。婚礼何时举办？”

“我们想把婚礼时间安排在八月份，在城堡举办。”

“邀请我吗？”

“你会来吗？”

“我当然会去，我从来没有参加过法式婚礼。蜜月有什么计划吗？我可以带你们在洛杉矶好好转转。”

索菲笑了笑：“你呢？接下来有什么打算？”

“完成了这边的工作，我想我会去巴黎向诺克斯办公室的人简单汇报下情况。”

“你确定你要去那里？你打算告诉他们什么？”

“嗯，我当然不想让他们因为知道真相变得更混乱，所以我想我会采用菲利普的故事版本。你知道的，匿名密报，勇敢的记者跟随线索又找到了罗斯。诺克斯办公室的人一旦知道他们不用支付三百万美元，就不会再多问。”

在他们前头，菲利普的面包车正行驶在陡峭山路的最后一个险弯处，车子一直开往高原上的那座老房子。菲利普会去洛杉矶采访罗斯，萨姆期待和他在那儿见面。他俩可以租一辆第二次世界大战时期的吉普车，逛逛军人用品商店，也许还可以从枪展上吸收一些男子汉气概，变得更加血性阳刚。还可以听听菲利普用法国人的逻辑来回答为什么美国人觉得用半自动突击步枪来猎杀松鼠是必要的，一定很有意思。

那天早上，菲利普穿过房间第二次来到酒窖，一只胳膊抱着一大罐灭鼠药，另一只抱着一摞折得很平整的摊开的硬纸箱。他们三个分工合作，不到一小时就把酒重新装了箱。萨姆和索菲离开酒窖后，菲利普往地上撒了很多致命的颗粒，希望老鼠有个好胃口，然后关上了门。

菲利普出来后加入到索菲和萨姆的工作中，他们正在把最后一些来自勒布耳的酒窖的印着标记的空硬纸箱装进面包车，准备在回马赛的路上把它们丢到垃圾场里去。

“搞定。”萨姆对菲利普说，“现在我们需要做的就是找个我和索菲今晚可以待的地方。有什么好主意吗？”

菲利普挠了挠头，同时拭去头上的蜘蛛网。“如果在马赛你们会被发现的，所以只能住在城外，你们肯定也不愿意住在这附近，而且这里确实太偏僻了，反而会引人注意。要不试试艾克斯？我听说嘉里奇别墅酒店是个好地方。”

事实证明，格里斯果然是个好地方。虽小但很迷人，从那里步行去米拉波大道的咖啡厅和其他餐厅只要两分钟。但是萨姆已经没有之前的热情了，激情已被蔓延全身让人失去知觉的疲惫感替代。除了在面包车上打了一小会儿盹儿，他已经两个晚上没有睡觉了。他向索菲打了个招呼后回到自己的房间，没脱衣服就倒在床上呼呼大睡。

睡了六小时，起来洗了个澡，萨姆觉得恢复了足够的精力，他来到酒店阴凉的露台上喝杯香槟让自己清醒一下。

他的手机开机后，开始查收短信：伊莲娜想要一份进程报告，阿克希尔·斯克罗德又来引他上钩。萨姆打算待会儿再回复伊莲娜，先给斯克罗德打个电话。

“阿克希尔，我是萨姆。”

“亲爱的萨姆，我开始担心你了呢。我希望你工作别那么卖力。”他听上去像个医生，正在病人的床边叮嘱。

“你知道怎么回事，阿克希尔。勉强糊口谋生，幸好我还有点好运气。”

斯克罗德没有回答，因为没必要。几乎能听得见他的好奇心。

“我找到酒了，所有的酒。”

“酒在哪儿？”

“在一个很安全的地方。”

斯克罗德从容地回复道：“萨姆，我们得谈谈。我刚好认识几个人，他们会对这些酒非常感兴趣的。”

“我肯定你认识他们。”

“没有风险，并且卖酒所得我们可以分成拥有。”

“阿克希尔，你有点自以为是了，你知道吗？”

“六四分，你六我四，多好的交易啊！”

“等下次吧，你这个恶棍。”

斯克罗德咯咯一笑。“值得一试，亲爱的萨姆。要是你改变主意了，你知道怎么联系我，别做我不会做的事。”

萨姆透过露台看向外边，餐桌已经摆好，他特别想要一块半成熟的血淋淋的牛排和一杯上好的葡萄酒。他打算叫上索菲一起用餐，但是得先和伊莲娜通个电话。

表示祝贺之后，伊莲娜想知道事情所有的细节。

“伊莲娜，我不想在电话里说这件事，你什么时候能到这儿？”

“忘记这件事吧，萨姆。诺克斯在法国设置了一个办公室，里面有很多法国人，就是为了让他们负责法国的业务。你什么时候可以到巴黎？”

“我打算明天晚上到那儿。”

“住在蒙塔龙贝酒店？”

“是的，就是那儿。伊莲娜……”

伊莲娜听上去活泼而又专业。“我会安排诺克斯的人去那儿联系你，干得漂亮，萨姆。太棒了！罗斯不应该得到那些酒，但我们老板会乐坏的，我马上告诉他这个好消息。”

这通电话并没有让萨姆振奋起精神，第二杯香槟也无济于事。露台上的人开始多了起来，大多是旅店住客，还有来自艾克斯的一两对正在调情的情侣。每个人似乎都很开心，这也让萨姆更不爽。索菲没有接电话。通常他是喜欢一个人吃饭的，但今晚却不想，但他也无能为力。最后他一边想着心事，一边吃着牛排、喝着葡萄酒，就这样度过了一个晚上。

第二天早晨，萨姆吃早餐时碰到了索菲，索菲解释了昨晚为什么联系不上她。她以为萨姆会睡一整晚，于是就自己去看了一场法国导演钟爱的电影，让人心酸而又煽情。这部电影赚足了她的眼泪，非常值得。她十分喜欢这部电影。

“所以今天，”索菲说，“菲利普邀我们在去机场前一起吃个告别午餐，他知道一家小餐厅，就在卡西斯港口，他家的普罗旺斯鱼汤做得很好。那儿不是很远，开车不到一小时。听上去不错吧？”

当然可以。睡了一晚上，萨姆的心情瞬间转晴，当他第一眼看到卡西斯时，他的心情更好了。卡西斯是一个海边的小村庄，阳光明媚的日子里，这里的风景分外动人。一个海边的小村庄及其后花园中十二个优质的葡萄园，足以让一个人想要扔掉护照，永远停留于此。

菲利普已经在尼诺餐厅的露台上就座了。这是一家贴心的餐厅，设置了三间顾客休息室，以防客人用完午餐后有迫切的午休欲望。尽管现在还早，但从露台上望去，港口上都是人，不经意中体现了当地按时进餐的习惯。通常，普罗旺斯人也许会放松、随意，甚至对守时这个概念满不在乎，但是对他们的食欲则不一样，他们中午一定要吃饭。萨姆环顾四周，发现菲利普已经将餐巾一角塞进衣领里，正小口喝着冰镇了的本地酒，研究着菜单，可能在思考是要羊腿、安康鱼还是烤黄鱼。看来，这是一顿严肃的商务午餐。

“我本来觉得我们可以喝香槟庆祝，”菲利普说，“但这里不是喝香槟的地方，在这儿大家必须要喝一种乡村酒。”他从冰桶中拿出一瓶酒放在他边上，向萨姆和索菲展示了一下标签——“私家酿造，好酒。”他给每人都倒了些，举起杯子说：“为了下一次的见面，无论在哪儿。为今天在卡西斯的见面，以及未来。”——菲利普冲着萨姆眨了下眼，挑挑眉毛——“在洛杉矶？”

他们的午餐吃了很久，气氛一直很欢快，普罗旺斯鱼汤非常好喝，一切都十分美好。挣脱了上楼午休的诱惑，他们及时赶到了机场，剩下的时间足够喝最后一杯咖啡。正如菲利普说的，他们相处的这几天真是愉快极了，一起度过了美好的时光，作为马赛本地人，他给予他们高度评价。分别前，他们互相拥抱亲吻，显然这吻还带着蒜味，他们说好在波尔多——索菲的婚礼上见面。之后三人就分道扬镳了——索菲回波尔多，萨姆去巴黎，菲利普回去准备他将要抢先发布的新闻。菲利普已经在头脑中构思好了第一部分：密报，在遥远隐蔽的地方发现了失窃的酒，无意中珍贵的宝贝得以重见天日。之后故事会如何发展，选择非常多也很吸引人，菲利普知道接下来几周会非常有趣。

当飞机背对太阳向北飞行时，萨姆从他靠窗的座位上最后又看了一眼地中海。第一次，当他想到要去巴黎时却怎么都高兴不起来。抛开偶尔出现的一块块肮脏的区域不谈，他发现马赛是一个那么迷人的城市，一个个性那么鲜明的城市。马赛深深吸引了萨姆，那儿的人性格温和、友爱、善良。真实的马赛和它那耸人听闻的名声真是相差太远了！

云层覆盖着法国中部，飞机在巴黎降落，眼前的巴黎是单色调的，灰色从地面层层叠叠延伸到天空。想到那个拥有耀眼阳光的普罗旺斯距离灰色的巴黎才一小时航程，不禁让人感到有些难以想象。马赛人现在应该下班了，正聚在露天咖啡厅里喝着开胃酒、聊着八卦、欣赏着日落吧。菲利普应该正坐在一个小咖啡厅里，把那儿当成办公室，对着他的笔记伏案工作。当萨姆乘坐的出租车突然转向，全速驶入拉斯帕丽大道开往酒店时，他就开始怀念马赛了。

他把行李丢到床上，挂好外套，准备去迅速洗个澡，这能带走他那些下飞机后通常会有的凌乱思绪。裤子刚脱了一半，房间的电话响了，于是他单脚跳着去接电话。

“告诉我——要是一个女孩想在这个地方喝杯东西，该怎么做？”

萨姆的心随着她的声音怦怦直跳。“伊莲娜？是你？你来了？”

“那你还想是谁？”

萨姆站在电话旁，脸上露出灿烂的笑容，他的裤子掉到了脚踝处，他现在是巴黎最幸福的男人。

第二十四章　你怎么做到的?

当他抬起头看到位子上的人时，收起了笑容，整个人瞬间僵住，好像撞到了墙。

夏特蒙特酒店的其余住客要不已经去工作，要不就还在床上。所以萨姆可以一个人享用泳池，他游了二十圈，完成了给自己制定的每日任务，现在，他正湿淋淋地站在早晨的太阳下。

他用毛巾擦干头发的时候想，生活还是美好的。他和伊莲娜终于放弃和对方争吵，谨慎而又愉快地约定了某种形式的承诺。菲利普下周就要来巴黎采访他称之为“罗特”的先生。（无论菲利普的英文说得多么流利，他和他的同胞们一样，都有个发音难题，那就是英语中“th”的发音。）他预感到很快可能会有一两件有趣的事发生。他只需要一杯咖啡，这个早晨就完美了。

他穿上浴袍，穿过一排被修剪得非常整齐、叶子闪闪发亮的绿色植物，这条植物带刚好把泳池和酒店的主建筑物分隔开，他在前台停下，拿了一份《洛杉矶时报》。

“列维特先生？”前台一个彬彬有礼的年轻人对萨姆说，“我们刚才打电话到您房间了，您有访客，是一位先生。我们让他在您的角落里的那张桌子等候了。”

又是博克曼吧，萨姆想。他以前住隔壁的时候，经常早餐时顺路过来，说他是在找线索。萨姆一边溜达着穿过花园，一边低头浏览当天的头条新闻。当他抬起头看到位子上的人时，收起了笑容，整个人瞬间僵住，好像撞到了墙。

萨姆马上恢复了笑容，向弗朗西斯·勒布耳点头致意，他穿了一身整洁的淡灰色亚麻西服，正站起来伸出手。

“希望你不要介意我的突然造访。”勒布耳说，随后坐下，并用手势示意萨姆也坐下。“我擅作主张为我俩点了咖啡。”他给两人都倒好咖啡，“游完泳后，没有什么比喝一杯咖啡更棒的了，不是吗？”

萨姆很明显感受到了穿着上的劣势，正努力从这个“惊喜”中恢复过来，他望向邻桌，看看有没有穿黑西装的大个子。

勒布耳读懂了他的心思，摇了摇头。“没有保镖。”他说，“我觉得只有我们两个人会更自在。”他坐在椅子上，往后靠了靠，完全放松，红褐色的脸上，眼睛因心情愉悦而闪闪发亮。“幸好我保留了你给我的名片，我记得上次我们见面的时候，你是从事出版业的。”他放了一块方糖到咖啡里，边思考边喝着咖啡，“但在某种程度上，就你的特殊才能而言，我觉得出版图书似乎有点屈才了。若是你已经转行，我并不惊讶，但是，请恕我冒昧，请问您现在在做什么工作呢？”

萨姆犹豫了一会儿，他很少会言语失当，但勒布耳让他完全找不着北。“唉，”他说，“图书业务进展相当缓慢，所以我现在得空休息。”

“好极了。”勒布耳说。他似乎真的非常高兴。“如果你不是很忙，我有个提议，你也许会感兴趣。但首先你得告诉我一些事，只有我们两人知道。”他身体前倾，两只手肘撑在桌子上，下巴放在紧扣的双手上，神情专注。“你当时是怎么做到的？”

（全书完）